# ラスボス令息に殺される義姉ですが、彼を好きになってしまいました。

かわい澄香

24647

角川ビーンズ文庫

# Contents

なってしまいました。】
人物紹介
Characters
フィオナ・アングラード
前世の記憶を持つ
アングラード公爵家の令嬢。
『トワイライトエンド』では
クロヴィスを虐げてのち殺される
脇役キャラクターだった
クロヴィス・アングラード
魔人の血を引く母を持つゆえに
公爵家に引き取られる。
『トワイライトエンド』では
フィオナの殺害をきっかけに
魔王化するラスボス

## アレックス・バスティアン

クロヴィスの兄である第二王子。
『トワイライトエンド』では
俺様でプレイボーイな
メイン攻略キャラクター。
初対面のフィオナに求婚する

## マクシミリアン・ジラルデ

クロヴィスと剣術の師を
同じくする侯爵家の嫡男。
親友であり唯一の理解者として
同い年のクロヴィスの恋を応援している

## ローズモンド・アザール

フィオナの親友の伯爵令嬢。
クロヴィスへの恋心を封印しようとする
フィオナの本当の気持ちを知っていて
心配しながら見守っている

## ヴィオラ・マティス

『トワイライトエンド』では
魔王化するクロヴィスを
救う力を持つ唯一の《ヒロイン》。
クロヴィスに惹かれ猛アタックする

乙女ゲーム

## 『トワイライトエンド』

フィオナが前世で夢中になった乙女ゲーム。
主人公《ヒロイン》が魔王・クロヴィスを倒し人間世界を救い、
その過程で様々な攻略キャラクター達と恋に落ちる。
ちなみに前世のフィオナはクロヴィスが推しだった

本文イラスト／夏目レモン

# 第一章　運命の出会い

クロヴィスに出会ったのは、フィオナが九歳の時だった。

「フィオナ、今日から義弟になるクロヴィスだ」

父に連れられてやってきた、その人形のように冷たい目をした男の子を見た瞬間、フィオナの時間は文字通り止まった。だってその、星々のような金色が交じったラピスラズリの瞳に……あまりにも、見覚えがありすぎたから。

――助からない。必ず闇堕ちする。クロヴィス・アングラード。何周しても。ラスボスになる。助けたい。トワイライトエンド。乙女ゲーム。どうして。追加ディスク。魔王。隠しルート。やっとできた。フラグ阻止。ヒロインが鍵。癒しの力――

ガラス片でも直接刺したかのような激しい痛みが、幼いフィオナの頭を襲った。そして、日本という国で生きた女性の一生分の記憶が、頭の中へと一遍に流れ込んできたのだ。

フィオナは激痛に悶えながら、それが所謂、前世の記憶というものであると理解した。恋とは無縁なまま終わった、比較的短めの前世の記憶。しかしそれでも、とある人間が生きた一生分の、膨大な情報である。

　フィオナはクロヴィスの目を見たまま失神してしまい、そのまま倒れた。その後三日もの間、熱に苦しみ、死の淵を彷徨ったのである。


『トワイライトエンド』……。

　それは、フィオナが前世で一番大好きだった――いや、執着していたと言った方が正しいかもしれない――乙女ゲームであった。

　フィオナは前世の記憶と今世の記憶を統合しながら、次第に理解した。自分はそのゲーム、『トワイライトエンド』の世界に転生したのだと。しかも……ラスボス化する悪役令息、クロヴィス・アングラードの義姉、フィオナ・アングラードとして、だ。

　フィオナの義弟となったクロヴィスは、魔人の血を引く母親と、人間の国王との間に生まれた庶子。まさしく禁断の存在とされるキャラクターなのだ。

　日常生活でも戦いでも、魔法が当たり前に使われている世界観であるこのゲーム。この中で『魔人』という種族は基本的に、人間とは敵対する存在として描かれていた。

　人間の国家と魔人の国家は長い歴史の中で、幾度も戦争を繰り返してきた。そうしてお互いに疲弊して、今から数年前にようやく休戦協定が結ばれたばかりなのである。現在、人間国家では表向き、魔人を差別してはいけないということになっているが、人々の中に根付いた恨みや差別意識はまだまだ強い。そのため、魔人と人間との間に生まれた者は、

『半魔』と呼ばれ、人間国家では非常に虐げられる傾向にあった。

魔人や半魔の特徴は、その瞳に現れる。宝石に交じるごく小さな不純物のように、瞳の中に少しだけ、違う色が交ざり込むのだ。

クロヴィスの瞳は、まるで星々のごとく、金色の不純物が入り込んだラピスラズリのようであった。つまりは藍色の瞳の中に、細かな金色の粒子が煌めくようにちりばめられているのだ。偏見なしで見ればとても美しいが、彼の瞳には半魔の特徴がはっきり現れていたのである。


ゲームにおけるクロヴィスの設定はこうだ。

クロヴィスは人間たちに虐げられながら、スラムの劣悪な環境で育ってきた。

しかしその後に、彼は王の実子だということが判明する。庶子とはいえ、まがりなりにも王の血を引く存在だ。そのため彼はしばらく王宮に保護されるのだが、半魔であるが故に周囲に持て余され、そこでも酷い差別を受けながら育つ。

そして結局彼は、見守りと監視の意味を込めて、王の忠臣であるアングラード公爵——フィオナの父親に、養子として引き取られるのである。クロヴィスが王族の血を引くことは、一般市民に対しては表向き秘匿され、貴族社会においては公然の秘密となった。

ゲームの物語の中では、クロヴィスは公爵家でも義姉のフィオナに酷い虐待をされてしまい、この世への恨み辛みをより一層募らせていくことになるのだ。

彼は他の魔人とは違い、祖父からしか魔人の血を引いていない。しかし、彼は人間の身では持て余すほどの、膨大な魔力を秘めているのだ。彼の成長とともに、その魔力はどんどん増大していき、彼の身を蝕んで暴走していく。そうして彼は最終的に、闇に堕ちてしまうのである。

十七歳の時、ついにクロヴィスは、自分を長年虐げてきた義姉フィオナを殺害する。夜会の衆目の前で、まるで見せしめのように。そしてそれをきっかけに彼の能力が覚醒し、魔人の中でも伝説とされる存在――魔王と化すのである。

そののち、彼は強大な支配者として世界の頂点に君臨し、人間国家を攻撃して大量虐殺を行うようになる。彼はまさに、このゲームのラスボスなのだ。

乙女ゲーム『トワイライトエンド』の主人公であるヒロインたちは、ラスボスであるクロヴィスを倒すための旅をして、人間世界を救う英雄となっていく。それが物語のメインシナリオなのである。『トワイライトエンド』は本格的な戦闘要素も含む乙女ゲームだったのだ。人類を救うための激しい戦い、その過程で、身を焦がす程の恋が育まれるのである。

フィオナが転生したキャラクター、社交界の華『フィオナ・アングラード』は……義弟のクロヴィスに見せしめとして殺される、ネームドキャラクター。ヒロインとヒーローの恋の障害となるラスボス・魔王クロヴィスを生み出すきっかけとなる、死に役の脇キャラクターなのだった。

——よりによって、フィオナ・アングラードに転生するなんて、最悪だわ……………。

幼いフィオナは酷い熱にうんうんとうかされながら、絶望していた。

——どうせならヒロインに転生して、クロヴィスをこの手で助けたかったなあ。

前世のフィオナは、ゲームキャラクターのクロヴィスがとにかく大好きで、堪らなかった。闇堕ちしてしまう悲劇の美少年であるクロヴィスが可哀想で、彼が助かる隠しルートがあると信じ込んだ。そのために前世では忙しい仕事の合間を縫って、あらゆるルートを試しながら、無意味にゲームを何十周もプレイしたくらいだ。悲しき過去の思い出である。

ついに彼がどうしても助からないと思い知った時、彼女は制作会社に熱心な長いメールまで送った。もし続編が出るのなら、クロヴィスを助けさせてください、どうかお願いです後生です……。そんな、懇願のメールだった。

やがて、その悲願は本当に果たされた。追加ディスクの隠しルートで、ヒロインがクロヴィスを恋の相手に選ぶと、彼のラスボス化を阻止できるようになったのだ。ヒロインだけが持つ究極の癒しの力で、彼の膨大な魔力を中和し、暴走を止めるのである。

――これから、どうしよう……。

三日後、フィオナはやっと高熱から回復し、それでもまだ一応の安静を命じられてベッドの上にいた。

いまいち今後の方針が決まらずにぼんやりしていると、父であるディオンが部屋にやってきた。彼はこの国の公爵であり、宰相でもある。ちなみにフィオナの母は、彼女の幼少期に病で亡くなっているので、この父親がフィオナのたった一人の家族だ。しかし父ディオンは基本的に放任主義で、自分の子どもに対して非常に無関心であった。フィオナも直接言葉を交わすのは稀なくらいである。

やってきたディオンは回復したばかりのフィオナの体調も気遣わず、淡々と話し出した。

「フィオナ。世間には表向き秘匿することになっているが、クロヴィスは国王陛下の庶子だ。半魔でもあるため、扱いが非常に難しい。そういう事情で、うちが養子として引き取ることになった」

「そうなのですね。私の義弟……に、なるのですよね？」

「そうだ。お前も、彼を必要以上に刺激しないように」

「はい。分かりました……」

フィオナは頷いた。ゲームと設定は同じだ。父はクロヴィスのことを監視対象としか見ておらず、特別気に掛けてやるつもりなどはないのだろう。

しかし転生したフィオナは、クロヴィスをゲームのように虐待する気など毛頭ない。そもそもクロヴィスは前世で大好きだった、一番の推しキャラクターなのだから。ただし、自分の行動がゲームのシナリオから逸れることによって、これからの未来がどう変わっていくのか、フィオナにも全く分からなかった。


さて、その夜のことである。

なんとクロヴィス本人が、フィオナの部屋を訪ねて来た。彼は恐る恐るといった様子で、わざわざお見舞いに来てくれたのだ。

彼はまだ八歳の、可愛い小さな男の子だった。ふわふわの柔らかそうな金の髪。伏せられた金のまつ毛が、ふるふると震えていた。その体は可哀想なくらい痩せていて、真っ白な顔色だった。

クロヴィスは、震える手で花束を差し出した。それは庭でフィオナのために摘んだのであろう、黄色い薔薇の花束だった。手作りの花束はよれていたし、クロヴィスの白い小さな手は、薔薇の棘で傷だらけになっていた。

「あの……。ごめん、なさい…………あの。俺の瞳が、気持ち悪かったんですよね……。それで、倒れたんですよね。ごめんなさい…………」

消え入りそうな声で謝るクロヴィスの表情は無機質で、もうほとんどの感情が失われているように見えた。しかしそれでも、彼のラピスラズリの瞳は、まるで泣き出す寸前のように揺れていた。

フィオナはその可哀想な様子を、もうひと時も見ていられなかった。だから、クロヴィスを思い切り抱き締めてこう叫んだのだ。

「大丈夫よ！　貴方が謝ることなんて何一つない。貴方の瞳は、とっても綺麗よ。まるで夜空みたいだわ！」

そう言って体を離すと、クロヴィスは零れ落ちそうなほど目をまん丸に見開いて、固まっていた。フィオナはもう一度、ダメ押しで力強く彼を抱き締めた。

「これからは、私が貴方を守るわ！」

フィオナは、力強く宣言した。

それは、何も決めていなかったこれからの人生の方針が、はっきりと決まった瞬間であった。

――この子を、たくさん笑わせてあげたい。

フィオナは何よりもまず第一に、そう思った。

よほど辛い環境で育ってきたのであろう。クロヴィスからは、既に様々な感情が消えかけているのが分かった。こうして抱き締めても、彼はまるで無機質な人形のように表情が動かないのだ。

それでも、彼の美しい瞳は揺れていた。彼の傷だらけの手は、震えていた。

可哀想なクロヴィス。可愛いクロヴィス。愛しいクロヴィス。

私が笑わせてみせる、幸せにしてみせる。そうフィオナは決意した。九歳のフィオナは、ゲームの設定とは反対に、自分が小さなクロヴィスを守り、彼が闇に堕ちることを防ぐ手助けをしようと決めたのだ。彼女は気合を入れ、大いに張り切ったのである。

すっかり人間不信に陥っていたクロヴィスは、初めのうち、なかなか心を開かなかった。長らく酷い環境に居たのだから、当たり前である。彼の表情はずっと死んだままで、フィオナに対しても酷く怯えているようだった。

それでもフィオナは、彼に四六時中べったりと張り付き、ひたすら彼を可愛がった。

教育を受けていない彼は、読み書きやマナーも何一つできなかった。どのくらい酷いのかというと、皿に顔をくっつけて、皿から直に食事を摂る始末であったのだ。

「見て、平民よりずっと酷いわよ」

「あんなのが、公爵令息だなんて……」

使用人たちは皆、そんな彼を嘲笑った。

囁かれる悪意の声は、丸聞こえで……クロヴィスに聞こえるようにわざと投げかけられているのだと、フィオナにもすぐ分かった。どうやら王家で一時的に引き取られていた時も、同じような酷い扱いを受けていたようだ。

フィオナはこの様子に、酷く憤慨した。そもそも、誰も教えてあげないから悪いのだ。クロヴィス自身は一つも悪くない。だからフィオナは、手取り足取り、何でも教えるようになったのである。

「クロヴィス。こうして、スプーンを持って。そう、もうちょっと、まっすぐに……口に運んで？」

「…………っ」

怯えるクロヴィスの手は大きく震え、こぼれたスープがフィオナの腕を汚した。

「ご、ご、ごめんなさい…………っ！」

「謝らなくて良いわ。スープはもうぬるいし、私は火傷もしてない。汚れた服は洗えば良いから。それより、もう一回やってみましょう？」

「はい…………」

フィオナは決して怒らず、辛抱強く、何度でも繰り返し教えた。

クロヴィスはそれに一切反抗せず、素直に従った。地頭の良い彼は、きちんと教えさえすれば、すぐに色々なことを覚えていったのだ。

また、クロヴィスは飢えながら育ってきたため、最初は酷い痩せっぽちだった。だからフィオナはとにかく、彼に沢山食べさせるようにした。

胃が小さく弱っているので、食事は消化に良いものから少しずつ、何回にも分けて与えた。そして慣れてきたら、間食のお菓子もたっぷりと与えるようにした。

「クロヴィス、これはフィナンシェっていうお菓子なのよ。あーんして？」

「…………」

ぱかりと口を開けたクロヴィスの口に、小さくちぎったフィナンシェを放り込む。こうしてやると、クロヴィスは幾らでも黙々と食べるのだ。何と言うか、完全に餌付けをしているような状態である。

クロヴィスは特に甘いものを好むようであったので、フィオナは隙あらば、彼にお菓子を与えるようになっていった。小さな口で一生懸命頬張る彼は小動物のようで、とても可愛かった。

沢山食べるうち、彼は痩せぎすではなくなっていった。真っ白だった顔は血色を取り戻し、その頬は美しいラインを描くようになった。彼は本来持つ造形の美しさを、どんどん取り戻していったのである。

　更にフィオナは、どこへ行くにもクロヴィスを連れ回すようになった。

「この子はクロヴィス・アングラードです。私の自慢の弟なのですわ！」

「ク、クロヴィスです……」

　どこへ行っても、誰に対しても、胸を張って自慢げにクロヴィスを見せびらかした。フィオナは彼を色々な人に紹介して回ったのだ。

　それに加えて、フィオナはクロヴィスに遊ぶということも教えていった。これまで生きるだけで精一杯の生活を送ってきた彼は、遊び方を何一つ知らなかったのである。

「クロヴィス！　今日は、追いかけっこよ！　私を捕まえてみて！」

「は……はい……！」

　それはもう、毎日徹底的に遊んだ。木登りや追いかけっこ、釣りに虫取り。たっぷり遊んでは、フィオナが率先して沢山笑い声を上げて、楽しく過ごしたのだ。

「フィオナお嬢様、貴女は一応、公爵令嬢なのですよ。どうかせめて、木登りや釣りはお止めください……！」

「あら、ダンテ。だってクロヴィスは、まだ小さい男の子なのよ。遊び盛りなんだから、沢山動かないといけないわ！」

若い執事のダンテに苦言を呈されながらも、フィオナは彼と思い切り遊ぶのを止めなかった。クロヴィスは頬を真っ赤にしながら、一生懸命フィオナに付いて来た。

また、フィオナはクロヴィスに魔法の基礎も教えた。この世界において、魔法は誰にでも扱えるものだが、魔力量は大きな個人差がある。基本的には平民よりも貴族の方が、平均的な魔力量が多いらしい。フィオナは貴族としては、ごく平均的な量の魔力しか有していない平凡な令嬢だった。一方のクロヴィスはゲームの設定通り、幼少期から既に大きな魔力を有していた。ただし彼は今まで、人を殺傷するとか脅すとか、そういう辛いことにしか魔法を使ってこなかったようだった。だから、魔法については特に注意深く教えた。

貴族の一般教養として一通りの魔法を身につけているフィオナは、クロヴィスの良きお手本となることができたのである。

魔法というものは、生活を豊かにするために使うことは歓迎されている。しかし魔法を使い、人に危害を加えることは、本来法律で禁じられているのだ。

「クロヴィス。魔法は、とっても素敵なものよ。ほら、こんなに綺麗でしょう？」

「…………はい」

フィオナは魔法を使い、色とりどりの炎を浮かべて並べたりして、クロヴィスに見せた。

「これは一般魔法と呼ばれるものね。それに加えて、人は必ず生まれつき一つの特別な魔法……特異魔法というものを持っているのよ。私の場合は《標的捕捉(ターゲティング)》っていう魔法で、これから相手がしようとしていることが分かるものなの。クロヴィスはまだ特異魔法が発現していないけど、必ず使えるようになるわ。そうすれば、もっと色々なことができるようになるわよ」

それからフィオナは、神妙(しんみょう)な顔つきになって言った。

「魔法はとっても便利だけど……それと同時に、簡単に人を傷つけてしまうものでもあるわ。いい？　これからは、人を傷つけるために魔法を使ってはいけないわよ」

「はい」

クロヴィスは無表情ながら、生真面目(きまじめ)に頷(うなず)いていた。フィオナは続けて言った。

「魔法は、貴方(あなた)の人生を豊かにするために使うのよ。いいわね？　それから……自分の身や、大切な人を守るためなら、使っても良いわ」

「……大切な人……」

ぽつりと呟(つぶや)いたクロヴィスの目は、ぼんやりと虚空(こくう)を見つめていた。フィオナはそんな彼の頭を優(やさ)しく撫(な)でて、励(はげ)ました。

「貴方にも、いつか必ず大切な人ができるわ」

「はい………」

クロヴィスは小さな声で返事をしながら、深く考え込んでいる様子であった。

夜になるとフィオナはクロヴィスに寄り添って、絵本を読み聞かせた。

「こうして悪戯ばかりしていた悪いドラゴンは、倒されました。ドラゴンを倒した王子様とお姫様は結婚し、いつまでも幸せに暮らしました……」

「……ドラゴンは、倒されちゃったの……？」

「そうね、少し可哀想よね」

「うん……」

クロヴィスは、物語を一つも知らなかった。だからフィオナが毎日読み聞かせて、一から教えたのだ。

絵本を読んでいると、クロヴィスのラピスラズリの瞳は、好奇心で時々きらりと輝く。それをフィオナは見逃さなかった。

特にお気に入りのドラゴンの話は、何度読んだか数えきれないほどだった。

それから、とある晩のことである。フィオナは上手く眠れず、飲み水をもらいに厨房に行こうとした。その時に隣のクロヴィスの部屋から、小さなうめき声が聞こえたので、フィオナはノックもせず慌てて駆け込んだ。

「う――…………！　うう…………………！」

「クロヴィス！　クロヴィス！　大丈夫……？」

「………………っ。フィオナ義姉さ、ま…………」

「悪夢を見たの？　怖かったね……」

「……毎晩、見ます………。夜になると、寒くて…………」

「そうなのね。じゃあ今日は、一緒に寝ましょう」

　フィオナはクロヴィスの隣に入り込み、彼をぎゅっと抱き締めた。彼の体が一気に強張るのが分かったが、フィオナは彼の金の髪を優しくすいて言った。

「大丈夫よ、怖くないよ……私が、いるからね………」

　やがてクロヴィスの体からはすっと力が抜けていき、安心したようだった。彼はそのまま、深く眠ってしまった。

　どうやらクロヴィスは毎晩寒さに凍え、酷い悪夢にうなされているようだった。この寒さや悪夢は、彼が身の内に秘める膨大な魔力が原因なのかもしれない。だからフィオナは、毎晩彼を抱き締めて眠るようになった。

　フィオナは、まるで彼をこの世の全てから守るように抱き締めて、いつまでも髪を柔らかくすきながら、トントンとあやした。そうすると、彼の不調は和らぎ、上手く眠れるようだった。

フィオナはこのように、クロヴィスに教え、餌付けし、連れ回した。そして遊び、本を読み聞かせ、抱き締めて眠った。

そんな毎日を、数ヶ月続けたある日のことである。

ある日フィオナは、クロヴィスを驚かそうと桜の花びらを沢山かき集めて、広げたスカートいっぱいに載せていた。彼の背後から近づき、花びらのシャワーを降らせて、驚かせようとしたのだ。

しかし、先にクロヴィスに気取られてしまい、振り向いた彼の美しいラピスラズリと目が合った。フィオナはそれにびっくりして躓き、見事にすっ転んだ。盛大にぶちまけられた花びらを浴びて、フィオナは尻餅をついたまま、ぽかんと彼を見上げていた。

すると、どうだろう。彼がここに来て初めて、笑ったのだ。

「ふふ……、ははっ……！　義姉さま……花びらまみれだ……っ！」

それはまるで、雪解けみたいな笑顔だった。

フィオナは彼にすっかり見惚れ、口を開けたまま呆然としていた。

だってそれはクロヴィスが、初めて感情を露わにした瞬間であったから。

ひとしきり笑ったクロヴィスは、フィオナにそっと近づいて手を差し伸べた。フィオナは口をまだぱっかりと開けたまま、クロヴィスを見つめていた。それに対して彼は、照れ臭(くさ)そうに小さく笑った後、こう言ったのである。

「あのね……義姉さまのこと、好きになっても、いい？」

それは、はにかんだ不器用な笑顔だった。

下手くそで、とても可愛い笑顔だった。

「もちろんよ……私はクロヴィスのこと、大好きだもの……」

「じゃあ、フィーって……呼んでもいい？」

「うん！　もちろん！　わ、私はね、あのね……ロヴィって、呼びたいわ」

「うん、いいよ……」

泣き笑いながら答えたフィオナに、クロヴィスはにっこりと笑った。

細められ、円弧(えんこ)を描(えが)いたラピスラズリが、夜空みたいに美しく煌(きら)めいていた。

その瞬間。

その瞳に、フィオナは恋(こい)をしてしまったのだ。

後から何度悔(く)やんでも、彼を助けたいと願っても。彼を諦(あきら)めようと、必死にもがいても……その恋心を消すことは、ついぞできなかったのである。

クロヴィスの人生は、フィオナに出会うまで真っ暗だった。

彼は貧民街の中でも一番端の、最も汚い場所で生まれ育った。母親は元々、王宮で洗濯女をしていたらしい。しかしクロヴィスを身籠もってしまって、王宮から逃げてきたようだった。その詳しい経緯を、クロヴィスは知らない。だが、確かに顔だけは美しい女だった。

貧しい生活の中で、母親は病を患ってしまっており、まともに働くことさえできなかった。そして彼女は、クロヴィスのせいで自分が苦労していると怒り、幼い彼を邪険に扱うことで日々の憂さを晴らしていた。

「お前さえ、居なければ…………！　私は王宮で、仕事にありつけていたのに…………！」

母親は毎日、気まぐれにのっそりと起き上がって来た。そしてクロヴィスに呪詛を吐き続けた後、彼を何度もぶつのだ。それで少しは彼女の溜飲が下がるようだったので、小さなクロヴィスはやがて泣きもしなくなり、何の抵抗もしなくなった。

クロヴィスの母親は、人間と魔人の間に生まれた半魔であった。

魔人……。

人間と姿形は似通っているが、魔人は膨大な魔力と破壊衝動を有する存在らしい。古の時代に、魔獣と人が交わって誕生したのが、魔人の始まりであるとされていた。

魔人は、魔人だけの独自国家を作り、人間国家とは常に敵対してきたという歴史があった。長きにわたって数え切れないほどの戦争を繰り返してきたため、お互いに恨みが募り、全く相入れない存在となっていたのだ。数年前に休戦協定が結ばれたと言っても、それは一時的な形だけのようなもの。人間たちの中に渦巻く、魔人に対する嫌悪感や差別意識は大変根深かった。

だから、魔人と人間の間に生まれた者——『半魔』と呼ばれる人々には、どこにも居場所がなかった。クロヴィスや彼の母親のような半魔は、基本的にどこにいても、常に差別を受ける対象だったのである。

半魔は一般的に、人間と同じくらいの魔力量しか持たない。魔人には遠く及ばないのだ。そのため、実力主義で争いが激しい魔人国家で生きていくことは大変困難だった。だから半魔の人々は、クロヴィスの母親のように、人間国家で肩身の狭い思いをしながら生きていくしか道がなかったのである。

魔人の特徴は、その瞳に交ざり込む不純物だ。クロヴィスと彼の母親には、その特徴が顕著に現れていた。そのためクロヴィスは、物心つかないうちから人々に石を投げられ、住処を転々とする日々を過ごした。

不安定なその日暮らしを続け、飢えて道端の草や、虫などを食べることもあった。毎日が悲しく、侘しかった。

だからクロヴィスは、自分のこの不気味な瞳が、大嫌いだった。


クロヴィスがたった五歳の時に、母親は病で亡くなってしまった。特に悲しみはなかった。それから彼は一人で住処を転々としながら、何とか命を繋ぐようになった。

幸い彼には生まれつき大きな魔力があったので、基礎を教わるだけで強力な魔法が使えた。だから犯罪組織の下っ端で、使い捨ての鉄砲玉のような仕事をし、何とか食い繋ぐことができたのだ。

もちろん、暴力を受けるのは日常茶飯事だった。その上、魔法は常に誰かを傷つけるために使わされた。

「この、人もどきのガキが！」

「せいぜい役に立て。次はこれを盗んでこい。邪魔する奴は殺せ！」

下卑た大人の男たちに、人間以下の扱いを受けながら耐える、酷い日々だ。

死んだ方が楽かもしれないと思うことが、何度もあった。実際にそうしてみようとしたこともあった。しかし、やはり自ら命を絶つのは恐ろしく、どうしても叶わなかった。

転機は、七歳の時に訪れた。

ある日、クロヴィスの薄汚い住処の前に、今まで見たこともないような、豪奢で立派な馬車が停まっていたのだ。あの時の驚きは今でも忘れない。

「貴方がクロヴィス様で、間違いありませんね。我々について来ていただきます」

綺麗な身なりをした人が、にこりとも笑わずに淡々とそう言った。そうしてクロヴィスを、豪華絢爛な王宮に連れて行ったのである。

聞けばなんとクロヴィスの父親は、この国の王であると言う。にわかには信じられない話だった。しかし、魔法で確かにその事実が判明したので、クロヴィスは王宮に迎えられることになったらしい。


王宮に引き取られたお陰で飢えることはなくなったが、クロヴィスの人生は更に辛いものとなった。半魔への差別意識は、身分が高位の人間ほど強いのだ。

「見て、あの目。本当に気味が悪いわ……」

「汚いわ。ああ嫌だ、どうして王宮にあんなのが居るの？」

クロヴィスは国王の実子であるにもかかわらず、使用人や教育係に嘲笑われ、虐げられ、嫌がらせをされ続けた。わざと粗末な寝床と腐った食事を与えられ、動物の死骸などが次々と部屋に投げ込まれる。周囲の者たち全てに見下されて、誰からもろくに教育なんて施されない。

王宮での生活は、壮絶を極めた。

そして、ある日のことである。クロヴィスは、王の家臣たちが自分について話し込んでいるのを、偶然立ち聞きしてしまった。

「はあ……。王は、一体あれをどうする気なんだ……」

「あれって……クロヴィス様のことか？」

自分の話だ……そう思い、クロヴィスはびくびくと体を震わせながら、物陰に隠れて耳をすました。

「そうだよ。このまま王宮に置いておけば、あんなもの、絶対に争いの火種になる。かといって野放しにしても、誰に担ぎあげられるか分かったものじゃない。半魔の王子だなんて……とんでもないぞ」

「まあ、いっそのこと殺してしまった方が楽なのは確かだが……下手にそうすることもできないだろう。仮にも、王の血を引いているんだぞ？　しかも魔人国家とは、やっと休戦協定が結ばれたばかりだ。もしあれを殺してそれが露見したら、国家間の関係を悪化させる原因になりかねない」

「そうだよな。ああ、扱いが難しすぎる……本当に頭が痛い……」

「何。そのうちどこかの、適当な家が引き取るだろう。そこで監視し続けるしかないだろうさ」

「そうだな。しかし、下手な貴族じゃ無理だぞ。かなりの上位貴族の、どこかになるだろうな。厄介者を押し付けられる家は気の毒だ。ただ……あれが周囲から本当に貴族として認められるには、相当な功績が必要になるんじゃないか？」

「ははっ、無理だろ。そんなのは現実的じゃない。監視を続けて……ほとぼりが冷めたどこかのタイミングで、建前となる理由を作って消す。そうなる可能性が一番高いんじゃないか？」

「確かに、まあ……それが誰にとっても、一番平和的だな」

　クロヴィスは話を聞きながら、恐怖でカタカタと震えていた。自分の存在が誰にとっても邪魔でしかなく、ただ殺すタイミングを窺われているに過ぎないのだと、嫌というほど思い知ったからである。

　——皆、俺に……死んで欲しいと、思ってるんだ。俺はこの世界のどこに行ったって、邪魔者なんだ……。

　自分が貴族として認められる未来なんて、クロヴィス自身にだって全く想像できなかった。第一、そんな気力もない。過酷な運命に歯向かってまで、生き続けたいと願うような強い動機もない。だとすると話にあった通り、いつかひっそりと殺されて、それで呆気（あっけ）なく終わりになるのだろう。

だがクロヴィスはもう、それに反抗（はんこう）する気も起きなかった。ただ無気力に、自分の命も人生も、何もかもを諦（あきら）めようと思っていた。だって生きていても、希望なんて何一つなかったから。


父親である国王は、結局一度もクロヴィスに会わなかった。わざわざ呼びつけて連れて来たくせに、彼はクロヴィスの存在を一切（いっさい）無視したのである。

クロヴィスが唯一（ゆいいつ）、実際に見た王族は、第二王子のアレックスだけだ。彼は自分と同い年の王子で、正妃の子だった。

金の髪（かみ）に赤い瞳（ひとみ）を持つアレックスは、圧倒（あっとう）的なオーラを放ち、家臣たちを傅（かしず）かせて君臨していた。

遠くからその様子を見たクロヴィスは、自分とのあまりの違いに絶望した。

——同じ父親、同じ歳（とし）。それなのに、どうしてこんなにも違うんだろう。自分が魔人の血を引いていることが、そこまで罪深いことなんだろうか……？

クロヴィスは、人間に、世界に、どんどん絶望していった。

幼い彼は、もうほとんどの感情を失っていた。

彼は長らく無表情で、全く笑ったことがなかった。そうでないと、この酷い人生に耐えられなかったのである。

王宮で持て余されたクロヴィスは、やがてアングラード公爵家の養子になることが決まった。かつて立ち聞きした話の通りになったと、そう思った。

公爵のディオンは貴族らしく冷淡な雰囲気で、クロヴィスと一度も目を合わせなかった。公爵夫人は、既に亡くなって久しいらしい。

きっとここでも間違いなく辛い生活が待っていると、クロヴィスは確信していた。全く、何の期待もしていなかった。八歳のクロヴィスは一切抵抗することもなく、ただ黙々と従った。自分の人生がどうなろうと、もうどうでも良かったのだ。彼は全てにおいて投げやりだった。

――誰も、信用できない。どうせ自分は、誰からも愛されない……。

クロヴィスは既に、酷い人間不信に陥っていた。

しかし、義姉となるフィオナ・アングラードを初めて見た瞬間……クロヴィスの世界の全てが、一気に塗り変わった。

クロヴィスは、目の前の景色が突然勢い良く、色づいたように感じたのだ。

彼女はまるで、奇跡みたいに美しかった。

そのすみれ色の大きな瞳は生命力を宿して輝き、クロヴィスを真っ直ぐに見つめていた。柔らかそうな、ミルクティーのような色のブロンドは、緩やかなカーブを描いて腰まで伸びており、艶めいていた。小さな鼻、まるい薔薇色の頰に、さくらんぼみたいな唇。すらりと伸びた手足と、手折れそうなほど細い腰。

彼女は手指の先まで、まるごと全てが美しかった。

クロヴィスは、たった一目で彼女に見惚れた。これまで暗闇の中で生きてきたのは、この美しい光を見るためだったのかもしれない……。そんなことすら思った。

しかしフィオナは、クロヴィスの瞳をしばらく見つめた後に失神し、倒れてしまった。その後何日も熱にうかされ、死の淵を彷徨ったのである。

クロヴィスは、このことにとても落ち込んだ。

――きっと、自分の瞳があんまり不気味だったから。繊細なフィオナ様は、ショックを受けたんだ。それで、彼女を追い詰めてしまったに違いない。絶対に、嫌われてしまった……。

そう思い、とても悲しくなった。そんな悲しみを感じるのすら、クロヴィスにとってはとても久しぶりのことだった。

——謝りたい……。気味が悪いと思われるかもしれないけれど、お見舞いにだけでも行きたい……。

クロヴィスは強くそう思った。

なんとかフィオナに喜んでもらいたくて、クロヴィスは自分にできることを必死に探した。

王宮と同じで、使用人たちは半魔であるクロヴィスに冷たく、ほとんどの者に相手にされなかった。しかし、ぶっきらぼうな庭師の老人が、庭の花なら好きに摘んで良いと言ってくれた。

だからクロヴィスは必死に薔薇を摘んで、何とか自分で花束の形にした。棘が沢山指に刺さって痛かったが、フィオナが少しでも喜んでくれるかもしれないと思ったら、全然平気だった。

そして手作りの花束を持ったクロヴィスは、恐る恐る、彼女の部屋を訪ねた。

つかえながら彼女に謝罪をし、震える手で花束を差し出したのだ。

「大丈夫よ！　貴方が謝ることなんて何一つない。貴方の瞳は、とっても綺麗よ。まるで夜空みたいだわ！」

彼女が抱きしめてそう叫んでくれた時、クロヴィスの世界はまるごとひっくり返った。

温かい。

嬉しい。

ドキドキする。

俺の瞳が、綺麗？

この不気味な瞳が、夜空みたい……？

涙が出るほど嬉しかったが、クロヴィスには自分の気持ちを上手く表現することができなかった。

しかし、その時をきっかけに。フィオナは、クロヴィスを……溢れるほどの愛で、満たしていったのである。


フィオナは何もできないクロヴィスのことを笑わず、呆れもせず、全てを一から教えてくれた。そんな人は、生まれて初めてだった。

また、フィオナはクロヴィスに栄養を摂らせようと、躍起になった。隙あらばお菓子が口元に運ばれてくるので、クロヴィスはただ夢見心地でそれを食べた。

それにフィオナは、どこへだって連れ出してくれた。遊ぶということも初めて教えてもらった。魔法のことだって、お手本になって沢山教えてくれた。彼女が使う魔法は、温かくて、綺麗で、夢みたいだった。

夜になると、フィオナは絵本を読んでくれた。クロヴィスはその時間が、一等好きになった。

そしてクロヴィスがうまく眠れず苦しんでいるのに気がつくと、フィオナは抱き締めて眠ってくれるようになった。彼女に抱き締められると、この世の恐ろしいこと全てから守られているように感じた。

人を信じるのが怖いのに、クロヴィスは底なし沼のように、フィオナをどんどん好きになってしまった。

だって、彼女の愛は際限がなかったのだ。

泣きたいくらい温かくて、優しかった。

今まで誰にも愛されたことのなかったクロヴィスには、ひとたまりもなかった。

クロヴィスはとても悩んだ。

フィオナを、好きになっても良いのだろうか。

信じても、良いのだろうか。

親しい人にそう呼ばれているように、自分も彼女を、『フィー』と呼んでみたい……。

クロヴィスの中に初めて、そんな小さな希望が生まれた。

そうして、ある日のことである。

クロヴィスの感情は、突然息を吹き返したように、一遍に外へ向かって溢れ出した。

桜の花びらまみれになって、尻餅をついたままぽかんと見上げるフィオナが、あんまりにも可愛くて。ピンクの花びらに彩られた彼女が、まるで花の妖精みたいで。クロヴィスは、思わず笑ってしまったのだ。

自分でも、笑ったのがいつ以来なのか分からないくらい、本当に久しぶりだった。きっと、とても不恰好な笑みだったに違いない。

そこでクロヴィスは、思い切り勇気を振り絞って聞いてみた。

「あのね……義姉さまのこと、好きになっても、いい？」

これはずっと、聞いてみたかったことだった。

自分みたいな気味の悪い存在が、フィオナのような素敵な人を好きになっても良いのだろうか。信じても、良いのだろうかと。

それに対してフィオナは、もちろんよ、と言いながら、すみれ色の大きな目を細めて、泣き笑ったのだ。

ふにゃりと緩んだ口元。涙でキラキラと輝くすみれ色の瞳。

その表情を見て、クロヴィスは……彼女を慕う親愛の気持ちが、激しい初恋に変化したことを自覚した。

その恋心は、その後クロヴィスがどんなに抑えようとしても、炎のように激しく燃え盛るばかりで……もう二度と、その火が消えることはなかったのである。

# 第二章　成長と変化

「大丈夫だよ……フィー、絶対に助かるから……」

これは一体、いつの記憶だろうか……。そうだ、クロヴィスが心を開いてくれてから、少し経った頃の記憶だ……。フィオナはぼんやりとそう思った。

この時、二人はお忍びで街に出掛けていて、一緒に居るところを突然誘拐されたのだ。複数人の男たちに押さえつけられ、手足を太い縄で縛られて、二人は馬車に乗せられていた。フィオナは恐怖で、ずっとべそべそ泣いていたのを覚えている。クロヴィスはそんなフィオナに何度も声をかけ、彼女を必死に励ましてくれていた。

間も無く、二人は騎士たちによって無事救出された。けれど犯人の男の一人は、最後にこう叫んだのだ。

「半魔を貴族にするなんて、許さない！　俺がその人もどきを、殺してやる……！」

クロヴィスはそのラピスラズリの目をまん丸に開いて、大変なショックを受けた顔をしていた。そうして、力無い声でこう言ったのだ。

「俺のせいで……俺が、魔人の血を引くせいで……フィーまで、危険に晒してしまったんるのが現状であった。

識は根強く、そういった集団は後を絶たない。反魔人組織の存在は、国も半ば黙認してい

を国から排斥しようとする、過激集団の一員であったらしい。人間たちの魔人への差別意

呆然とした様子でいた。後から聞けば、誘拐犯は反魔人組織――魔人に恨みを持ち、半魔

　それからフィオナが何を言って慰めても、クロヴィスには全く響かないようで、ずっと

だ……」

　帰宅したクロヴィスは、すぐに自分の部屋に引き籠ってしまった。その日は夕食も摂ら

なくて、一緒に寝るのも断られてしまった。フィオナは大層気を揉んで、心配したものだ。

しかし彼は次の日、決意した様子でフィオナの元に来て、こう宣言したのである。

「今回、誘拐された時……俺は、何もできなかった。フィーを、守れなかった……助けら

れなかった。結局、他人頼みで、無力だった……。俺は、そんなのはもう、嫌だ」

　その時のクロヴィスは、それまでとはまるで目つきが変わっていた。彼はとても強い意

志を込めた眼差しをしていて、フィオナはそれに圧倒されたのを覚えている。

「一晩考えて、もう決めた。俺は、騎士になる。何があってもフィーを守れるように、誰

よりも強くなる」

　クロヴィスの目は真っ直ぐだった。そして彼はこうも言った。

「それに、半魔だなんて、誰にも文句がつけられないくらい……立派な、公爵令息になる。絶対に……皆に認めさせる。俺は、半魔として……初めての貴族になってやるんだ！」

それは、とてつもない茨の道だと思われた。だがクロヴィスはすぐに父の部屋に向かい、これらのことについて、了承を得たようだった。

この時、クロヴィスと父の間に何らかの『約束』が取り交わされたようなのだが、フィオナはその詳細を知らない。

その日を境にして、クロヴィスは明確に変わった。

それまでフィオナが守るばかりだったクロヴィスは、自分の意志で動くようになり、彼女の庇護の手から離れていったのである。

まずクロヴィスは公爵家の伝手を使って、魔人に差別意識のない剣術の師匠を探した。そして良い師を見つけると、すぐに師事することとなった。

その師匠は大変厳しい人物だったが、クロヴィスは懸命について行った。彼は騎士になるため、文字通り血の滲むような努力を始めたのである。

この師事をきっかけに、クロヴィスには新たに友人もできた。彼の名はマクシミリアン・ジラルデ。クロヴィスと剣術の師を同じくする、同い年の侯爵嫡男だった。

彼は全く貴族らしくなく、非常にさっぱりとした気さくな性格であった。クロヴィスが半魔だと打ち明けても、「んで、それが何？」と言ってのけたのだそうだ。クロヴィスとマクシミリアンは、あっという間に仲良くなっていった。

もちろん、剣術の稽古だけではない。クロヴィスは、社交マナーや学問のレッスンを詰め込めるだけ詰め込み、死に物ぐるいで努力をするようになった。彼は常に、完璧を……いや、完璧以上を求めるようになったのだ。

フィオナはその鬼気迫る様子を横で見ていて、とても心配になったものだ。

「ロヴィ、ちょっと頑張りすぎなんじゃない？　少しはペースを落とさないと、そのうち参ってしまうわよ？」

「いいや。俺は人よりずっと、遅れている。それに俺が十分に認められるためには、人一倍立派にならなくちゃいけないんだ。誰にも、何の文句もつけられないくらい……完璧にならなくちゃいけない」

クロヴィスの意志は、非常に固かった。彼はどんなに厳しく指導されても、たとえ疲れで熱を出しても、絶対にめげなかった。

フィオナはそんなクロヴィスを、心の底から尊敬した。しかし、それと同時に……何だか、彼が一気に遠くなってしまったような気がして、とても寂しくなった。時にはひどく拗ねたこともある。

「なんだかロヴィが、私の知らない人になっていくみたい……」

「ごめんね。………俺には、どうしても手に入れたいものができたから」

「手に入れたいもの……？　それって何？」

フィオナが疑問に思って尋ねると、クロヴィスは少し困ったように、それでいて意味深に微笑んで言った。

「フィーにだけは、内緒」

「ええ！　そんなのひどいわ……！」

「ふふ……。拗ねてるの？　フィー」

「うん………」

「大丈夫。フィーにも、きっといつか分かるよ」

フィオナが落ち込むと、彼はフィオナの頭を優しく撫でて、そんなことを言うのだった。


――随分昔の……懐かしい夢を見ていた気がする。

フィオナはぱちりと目を開けた。もう朝日が昇っていて、外は眩しいくらいだ。今日は予定がないからといって、かなり寝坊してしまったなと思いながら、のそのそと朝の支度を始めた。

あれからあっという間に数年の月日が経ち、フィオナはもう十五歳になった。もうすぐ、全寮制の王立学園への入学を控えている。

一方のクロヴィスはと言えば、昔の姿とすぐには結びつかないくらい、劇的に変わった。彼は今や、立派な公爵令息へと成長したのである。その上、彼は強い騎士にもなったのだ。

――昔は、いつも私の後ろをついてきたのになあ。やっぱり、ちょっと寂しい。

フィオナはそんなことをぼんやりと考えた。しかし、クロヴィスがフィオナから離れていくのは自然なことだし、本来は良いことなのだ。

自分がクロヴィスへ抱く想いが、家族としての親愛に止まらず、恋心なのだと自覚してから随分時間が経つ。しかしフィオナはその想いをひた隠し、あくまで義姉としての距離感を保ちながらクロヴィスに接してきた。だっていつかクロヴィスは、完全にフィオナから離れて、ヒロインと恋に落ちなければいけないのだから。

――寂しく思ったって、仕方ないわ。私は死に役の脇キャラクターで、クロヴィスの義姉なんだから……。

フィオナは気持ちを切り替え、公爵邸の厨房に行ってサンドイッチを沢山作ってもらった。今日もクロヴィスは友人のマクシミリアンと一緒に、自主稽古に励んでいるはずだ。

お昼には少し早い時間だが、差し入れを持っていくことにしたのである。

大量のサンドイッチを抱えて、いつものお決まりの場所に行く。広大な公爵邸の庭を抜けた先にある、森の中の木々が拓けた場所だ。

やはり思った通り、青年になりつつある美しい少年が二人、爽やかな汗を流しながら剣の打ち合い稽古に励んでいた。片方は、成長したクロヴィス。もう片方は銀の癖っ毛を束ねた、マクシミリアンである。

「マックス！　この勝負をもらったら、俺の勝ち越し二つだぞ！」

「そうはさせるか！」

二人は刃を潰した模擬剣で激しく打ち合いながらも、楽しそうな笑みを浮かべている。

フィオナが少し嫉妬してしまうくらいに、とても仲が良いのだ。

「二人とも！　差し入れを持ってきたから、キリが良くなったら教えて！」

フィオナが声を掛けると、二人はすぐに振り向いた。

「フィー、ありがとう！」

「やった、嬉しいなあ～！　クロヴィス、もう少し打ち合ったら、切り上げようよ」

「ああ！」

フィオナは木陰にハンカチを敷いてから座って、サンドイッチのバスケットを置き、二人の様子を楽しく眺めた。

今や、クロヴィスも十四歳だ。彼の弛まぬ努力は身を結び、明確な成果となって表れていた。

まず、彼は史上最年少で騎士団の入団試験に合格した。その上、団内でもめきめきと頭角を現し、出世頭と目されているのである。

しかも、彼はマナーも社交も、教科書のお手本のように完璧にこなすことができるようになった。勉学の成績だって非常に優秀で、年齢が一個上のフィオナが追いつかない程である。

そんな様子なので、クロヴィスを半魔だと嘲笑う者は、目に見えてどんどん減っていった。彼は今や、貴族の中でも一目置かれるほどの存在となったのである。クロヴィスが立派に振る舞うことによって、若年層の貴族を中心に、半魔に対する忌避感は段々と薄れていった。

特に年若い貴族女性たちなどからは、『美しい絹の金髪に、ラピスラズリの瞳を持つ貴公子』として持て囃され、ものすごくモテているくらいだ。皆、昔はクロヴィスのことを見下していたくせに、手のひら返しがすごい。フィオナはそのことが、非常に面白くなかった。クロヴィスが女の子にキャーキャー騒がれて囲まれるたび、内心とても拗ねているのだ。

さて、フィオナがそんな風に考えごとをしてクロヴィスの姿を目で追いながら、ぼうっとしていた時のことである。

クロヴィスとマクシミリアンの稽古に、突如乱入する者が現れた。

「貴様がクロヴィス・アングラードか！　魔人風情が、随分調子に乗っていると聞いている。俺と勝負しろ！」

――クロヴィスが、魔人風情ですって？　何て酷いことを言うの……！

フィオナは怒りに任せて顔を上げて、その声を発した人物の姿を確認した。そして口を開けて、ぽかんとしてしまった。

何故ならそこに立っていたのは、他でもない、この国の第二王子――アレックス・バスティアンだったからである。彼はクロヴィスとそっくりな金の髪に、吊り上がったルビーの瞳をしていた。腹違いの兄弟であるクロヴィスに少し似ていて、とても綺麗なご尊顔だ。

彼の姿は、この世界の原作ゲーム、『トワイライトエンド』のパッケージのど真ん中に描かれていた、メイン攻略対象――アレックス、そのものだった。俺様でプレイボーイだが、攻略を進めるうち、徐々にヒロインだけに夢中になる王子様のキャラクターである。

フィオナは一瞬、完全に固まってしまったが、すぐに再起動した。そしてクロヴィスを守るように、彼の前に立ちはだかって叫んだ。

「アレックス殿下、その仰りようはあんまりですわ。ロヴィは、魔人などではありません！　立派な人間です！」

アレックスは一瞬そのルビーの瞳を見開き、動きをぴたりと停止させた。俺様キャラらしく怒り出すのかと思ったが、彼の反応は全くの真逆だった。

「……ああ。何て……何て！　美しい方だ……！　貴女のお名前を知る栄誉を頂けないだろうか？　レディ……」

アレックスはフィオナの前に跪き、すっと手を差し出した。まさに、本物の王子様の貫禄である。そのオーラに圧倒されて、フィオナは思わず素直に答えてしまった。

「フィ、フィオナ・アングラード……と申しますわ。アレックス殿下」

「ああ、アングラード公爵家の！　なんてことだ。フィオナ嬢、俺は……貴女に、一目惚れした！」

「え……ええっ⁉」

「アングラード公爵家なら、何の問題もない。是非、俺と婚約してくれないか？」

アレックスは原作通り、既に女性を口説き慣れている雰囲気だ。あまりの怒涛の展開に目を白黒させていると、フィオナは横から腕を強く引っ張られた。引っ張ったのはクロヴィスだった。彼はまるで、フィオナをアレックスから隠すように自分の後ろに置いて、苛烈な怒りを滲ませながら言い放った。

「殿下。フィーに、近づかないで下さい！　貴方には……いや……貴方にだけは！　絶対に、フィーを渡したりしません！」

「何だと……？」

「そもそも貴方は、俺に御用があったのでは？　勝負するというのなら、幾らでも受けて立ちます！」

クロヴィスが叫ぶと、アレックスは大変偉そうにふんぞり返って頷いた。

「フン！　まあ確かに、当初の目的はそうだったな……。お前があんまり、過剰に持て囃されているからだ。魔人もどきがどんな程度のものなのかと、この俺がわざわざ確かめに来てやったんだぞ。光栄に思えよ」

「ならば、ご自分で直接お試しになれば良いでしょう。フィーの目の前で、一方的に叩きのめしてみせます。そうしたら、フィーに二度と近づかないと約束して下さい！」

「良いだろう。ただしお前に勝ったら、俺は即刻フィオナ嬢に婚約を申し込むぞ」

二人は一触即発の雰囲気で睨み合い、バチバチとしている。とてもじゃないが、間には入り込めない空気だ。しかしそこに、マクシミリアンの非常にのんびりとした声が響いた。

「なになに？　勝負ですか～？　そしたら、俺が審判をやりますよ。ただし使うのは、刃を潰した模擬剣ね～」

どうどう、という感じで二人に距離を取らせ、取り仕切っていく。このカオスな状況を整理するとは、マクシミリアンはかなりできる男だと思った。

「じゃあ、クロヴィスはこれ持って。アレックス殿下はこれです。大きな怪我をしたら困るから、魔法なしで、純粋に剣術だけ。三本先取制で良いですか？」

「ああ、構わない」

「分かった」

二人は大人しく従い、距離を取った。ただしお互いを睨みつける視線は、決して逸らさない。

「じゃあ、よーい、はじめ！」

始まりの合図と共に、アレックスは鋭く中段へ斬り込んだ。クロヴィスはそれを受け止めたが、予想外の威力に押されたようだ。体勢を大きく崩しながらなんとか対抗し、ギリギリと刃がせめぎ合った。

「どうした！　こんなものか、クロヴィス・アングラード！」

「くそっ……………！」

クロヴィスは剣を押し返し、大きく距離を取った。そして隙を見て踏み込み、下段から素早く打ち込んだ。

「くっ……」

今度はアレックスが体勢を崩しそうになったところで、クロヴィスがすかさず二撃目を入れる。しかし、それすらも受け止められた。

フィオナはその様子を見ながら、息を呑んでいた。

――あのクロヴィスが、攻めあぐねてる………………！

クロヴィスは身内の贔屓目なしで見ても、相当な実力者だ。同年代で相手になる者は、これまでマクシミリアンくらいしか居なかったのである。実際、クロヴィスが師匠相手以外にこんなに苦戦しているところを、フィオナはほとんど見たことがなかった。

「ロヴィ、頑張って！」

フィオナは手に汗を握りながら、応援の声を飛ばした。二人の勝負は、そこから白熱し、どんどん激しさを増していった。

さて、結論から言うと……二人の勝負は、全然つかなかった。あまりにも実力が拮抗していたのである。変幻自在で素早いクロヴィスの剣に対し、アレックスの剣は洗練されており、正確無比だった。

結局決着がつかないまま、どんどん時間が経ち、辺りはもう夕暮れになってきてしまった。一体何時間打ち合っているのか、フィオナにももう分からない。審判のマクシミリアンとフィオナは、打ち合いを見ながら、途中でサンドイッチを食べた程だ。しかし戦っている当の二人は、飲み物すら摂っていなかった。

現在は両者とも、二本ずつ取っている状況である。激しい打ち合いで二人とも相当に疲弊しており、すっかり肩で息をしていた。お互いの服ももうボロボロで、擦り傷だらけだ。

頃合いを見たマクシミリアンが、相変わらずのんびりとした声でこう言った。

「暗くなってきたんで、次の一撃で決まらなかったら、引き分けってことで～」

「くそっ！」

「そうはさせるか！」

　そう叫び、先にアレックスが勢いよく踏み込んだ。正確な突きの剣を中段に鋭く繰り出すが、クロヴィスに全て受け止められる。クロヴィスはアレックスの剣をいなし、体を翻してカウンターに転じた。しかしアレックスは、それを許さず迎撃する。

　クロヴィスはその隙に、アレックスの両足を払った。バランスを崩すアレックスに、クロヴィスの剣が届く……と、思われたが、それも叶わず。アレックスの剣で受け止められた。

　しかし、そこで結局力尽きて、二人は一斉に体勢を崩してしまった。蓄積された疲労もあり、揃ってその場にへたり込んでしまったのである。

「はい、引き分けです～」

「よ、よりによって……！　引き分けだなんて……！」

「それは、こ、こっちの台詞だ……！」

　クロヴィスが絶望した声を出すと、アレックスが吠えた。二人ともゼェゼェと息を吐いている。

　そんな中、マクシミリアンがするっと間に入って、睨み合う二人を引き離した。

「殿下はもう、帰った方が良いと思いますよ。どうせ、王宮をこっそり抜け出してきたんでしょう?」

「チッ。クロヴィス……この決着は、いつか必ずつけるからな!」

「俺だって……貴方にだけは……! 絶対に、負けません!」

アレックスはくるりと身を翻した。そして素早くこちらに近づいて来て、さっとフィオナの手を取り、手の甲にキスを贈ってきた。

「麗しきフィオナ嬢。今回は諦めるけど……また改めて、求婚するよ」

「フィーに触らないで下さい!!」

駆けて来たクロヴィスが、二人をばりっと引き剝がした。アレックスはクロヴィスを鋭く睨みつけたまま、立ち去っていった。

さて、一方のフィオナはと言うと。

――さすがは、メイン攻略キャラクターだわ……。

そんな風に、すっかり呑気に感心してしまっていた。アレックスの実力の高さに圧倒されたからである。早くも騎士団でも頭角を現して、有望株と言われているクロヴィスと、ここまで互角に渡り合うなんて。ゲーム設定ゆえのチート能力が、あまりにも強力すぎるのではないだろうか……? そんなことをぼんやりと考えていたところ、突然クロヴィスに両手を摑まれて、フィオナは意識を現実に引き戻された。

クロヴィスは、まるでアレックスにされたキスを上書きするように、手の甲から指先にかけて、ゆっくりちゅ、ちゅ、と口付けていった。そうしてまるで宝物のように、フィオナの手を大切そうに握る。フィオナの心臓は、激しくドキドキと高鳴った。

「ど、どうしたの？　ロヴィ……」

「フィー。今日は情けないところを見せた。本当にごめん……」

「情けないなんて、私は思ってないわ！」

クロヴィスは苦虫を噛み潰したような顔をした後、フィオナにふっと近づいて、こつんと額を合わせた。そして誓うように、フィオナに宣言をした。

「でも、俺は自分が許せない。もっともっと、厳しく特訓する。誰にも負けない。アレックス殿下なんかに、フィーを渡さない！　絶対に……!!」

フィオナは間近でクロヴィスから真摯に見つめられ、全身がわっと一気に熱くなったように感じた。アレックスにキスされた時は何とも思わなかったというのに、大好きなクロヴィスが相手だと全然違ったのである。

さて、その日からクロヴィスは寝る間も惜しんで、よりいっそう剣術と魔術の特訓に励むようになった。その様子はまるで、何かに取り憑かれてしまったかのようで、異常に気迫がこもっていた。彼は毎晩暗くなってからもずっと、魔力と体力が尽きるまで特訓していたのだ。見るからに無理を重ねていたので、フィオナは心底気掛かりになってしまい、毎日必死にクロヴィスを止めた。

「ロヴィ！　本当に無理しすぎよ。このままじゃ、体を壊してしまうわ!!」

「いや。まだだ。まだあいつに勝つには、全然足りない……！」

クロヴィスには、今回ばかりは全く聞き入れてもらえなかった。彼は腹違いの兄弟であるアレックスに対して、かなり思うところがあるようだった。

そんな状態が続き、十日ほど経った時のことである。

やはり、あまりの無理が祟ったのだろう。クロヴィスは突然バッタリと、倒れてしまった。公爵家の鍛錬場で倒れているクロヴィスを見た時、フィオナは全身の血の気が引く思いだった。

「ロヴィ！　ロヴィ、しっかりして！　お願い、目を覚まして……!!」

フィオナは泣き叫んで縋った。しかし、意識を失ったクロヴィスの顔色はあまりにも白く、尋常ではない様子だった。すぐに使用人たちを呼んで医者に診てもらったが、クロヴィスは全く目を覚さなかったのだ。

フィオナは不安で仕方がなく、夜もほとんど眠れずに、何度もクロヴィスの元を訪れては看病し続けた。

結局彼は、その日から三日間もこんこんと眠り続けたのである。


そうしてクロヴィスが、やっと目を覚ました日のことだ。

フィオナは彼のために、手ずから作ったパン粥を持ち、見舞いに行こうと部屋を訪ねた。

しかし、先客がいることに気がついて、フィオナはドアの前でぴたりと足を止めた。中にいたのは、公爵家についている医師であった。彼は、クロヴィスと何やら真剣に話し込んでいる様子だった。ドアが少しだけ開いていたので、フィオナはそっと隠れて聞き耳を立てた。クロヴィスの容体について話しているのではと思ったのである。

「クロヴィス様。原因は不明ですが……貴方の成長に伴って、異常に魔力が増大しているようです。そのせいで、身体に相当な負担が掛かっているご様子なのです。今回倒れてからずっと目を覚まさなかったのは、それが原因だと思われます」

「……そう、なんですか」

「はい。特に魔法をあまりにも多く使うと、心身に負担が掛かりやすいようです。今後はなるべく、強力な魔法の使用は控えた方が良いかと……。それに、稽古のしすぎも禁物です。公爵様からも、これ以上無茶を重ねるようなら……『例の約束』を取りやめにすると、お話がありました」

「そんな！」

「倒れてしまっては、元も子もありません。今後無理はしないと、約束できますね？」

「…………はい、分かりました………」

二人の会話を聞くうち、フィオナの心臓はバクバクと煩く鳴り、段々と冷や汗が出てきた。

――魔力が増大して、身体に負担がかかる……？　ゲームの設定と、全く同じだわ。とうとう、ゲームのシナリオが、本格的に始まるんだ……！

恐らく、タイムリミットが刻一刻と迫っている。フィオナは身ぶるいした。

そもそもクロヴィスの身体は、ヒロインと恋をしなければ助からないという設定なのだ。

――私の恋心は、今までも何とか隠していたけれど……義姉弟だってことに甘えて、今までべったりしすぎていたかもしれないわ。もうすぐ、私が先に学園に入学するのだから、クロヴィスが姉離れする良い機会よ。私はなるべく、クロヴィスから離れなくちゃ……。

フィオナは、嫌だと叫ぶ自分の心を無視して、苦渋の決断をしたのである。

それからフィオナはクロヴィスと意識的に距離を取り、彼を避けるようになった。まず、なるべく同じ部屋で過ごす時間を減らすようにした。毎日仲良く身体を寄せ合って話していたのに、会話を早く打ち切るようにもした。フィオナの態度を見たクロヴィスが怪訝な表情をしているのは内心分かっていたが、その顔に気づかないふりをして過ごしたのである。

フィオナが学園の寮に出発する、その前日のことだ。

クロヴィスはフィオナを、自室に呼び出した。彼はなんだか、とても硬い表情をしていた。

「フィー。最近……君は、俺からわざと離れていっているよね。俺は、それがとても不安なんだ……」

「そんなこと、ないわ。私たちは義姉弟だもの。これが、普通の距離感よ」

フィオナは、つんと澄まして嘘を吐いた。自分がクロヴィスを必要以上に避けている自覚は確かにあったが、これが自然になるまで続けなければならないと思っていたのだ。

そんなフィオナに対し、クロヴィスは緊張した声を出した。

「フィー。大切な話があるんだ」

「なあに？」

「……今から言うことを、真剣に聞いてほしい」

クロヴィスは跪いて、フィオナの華奢な手を恭しく取り、その甲にゆっくりと優しい口付けをした。それを見たフィオナは、まるで全ての時が止まったかのように感じた。

クロヴィスはその体勢のまま、その美しいラピスラズリの瞳でフィオナを射貫き、はっきりとこう告げた。

「フィー。俺は、君を愛している。義姉ではなく、一人の女性として。……今すぐじゃなくても良いから……いつか、俺に気持ちを返して欲しい」

フィオナはその言葉を聞いて、一瞬だけ、溢れかえるほどの歓喜で舞い上がった。クロヴィスが自分のことをそんな風に想ってくれていたなんて、思いも寄らなかったからである。まるで夢みたいだった。

しかし、そこから突然夢から醒めたように……フィオナは一気に青褪めてしまった。彼女は目を見開いて、小さくカタカタと震え出した。

何故なら、フィオナは知っているからだ。クロヴィスの命を救えるのは、フィオナじゃない。ゲームのヒロインだけなのだと。

このままでは、フィオナの存在はどうしたって、クロヴィスが生きるための邪魔にしかならない。クロヴィスが魔王として覚醒し、死んでしまう未来なんて、絶対に嫌だ。だからフィオナはか細い声で、しかしはっきりとクロヴィスを拒絶した。

「だ、駄目よ……！」

「……フィー？」

「駄目。ロヴィ。私たちは、そもそも義姉弟なのよ？」

「でも、俺はフィーのことを、本気で好きだ。義姉弟とか、そんなの、関係ないんだ！第一、俺たちには、何の血の繋がりもないじゃないか……！」

「……私は、貴方のことをそんな目で見ることはできない。ただの義弟としてしか、見られないわ。今までも……そして、これからも」

「……！」

クロヴィスが酷く傷ついた目をしたので、フィオナの胸もずきずきと激しく痛んだ。本当は心にもないような言葉を並べ立てて、フィオナは必死にクロヴィスを突き放した。

「私を好きでいちゃ、駄目。貴方には……他に相応しい人がいるのよ……！」

フィオナは俯き、まるで自分に言い聞かせるみたいに、苦しげに叫んだ。

しかし、クロヴィスは立ち上がってフィオナの顔を覗き込み、懇願するように言い募った。

「フィー以上の人なんて、いない。俺には……フィーが総てなんだ」

「駄目よ。ロヴィ。私は、貴方に気持ちを返すことはできない……。絶対に。私のことは、諦めて！」

それは、とても強い拒絶の言葉だった。叫んだフィオナはその場から逃げるように、あっという間に立ち去ったのである。

部屋を出たフィオナは自分の顔を両手で押さえて、無我夢中で廊下を走った。こんなのは本来令嬢がやってはいけない行動だが、それどころじゃなかった。そうして自分の部屋の中に滑り込んだ後、すぐにバフンとベッドにうつ伏せになる。そのまま枕に顔を埋めた。

それから、一生懸命我慢していた嗚咽を上げて、フィオナは一気に泣きじゃくり始めた。

「せっかく……ロヴィが……！　私を、好きだって……！　言って、くれたのに……。私も、こんなに、ロヴィが好きなのに……！　こんなに、こんなに、好きなのに……！　私じゃ、ダメなんだ……！　私は……どうして、ヒロインじゃないの…………？」

フィオナはその晩、一晩中、ベッドで激しく泣き明かした。

そうして、フィオナは改めて決意したのだ。他ならぬクロヴィスのために、自分のこの燃えるような恋心を、生涯隠し通すことを。

翌日、まだ日が昇らない早朝のうちに、彼女は学園を目指して家を出発した。クロヴィスや父のディオン、使用人たちの見送りを受けることもなく。真っ赤に腫れた目で、ひっそりと学園へ旅立ったのである。

# 第三章　王立学園での再会

フィオナは王立学園に入学してからというもの、以前にも増して徹底的にクロヴィスを避けるようになった。クロヴィスが自分のことを恋愛感情で好きだと言うのなら、完全に彼から離れなければならないと思ったのである。

クロヴィスから学園へこまめに送られてくる手紙には全く返事をせず、無視をした。それでも彼は定期的に手紙を寄越して来たので、それを密かに読んでは、しくしくと泣いていた。

その上フィオナは、ほとんどの生徒が実家に帰る長期休暇にも帰省しなかった。休暇中も学園の寮に留まり、クロヴィスと一切顔を合わせないようにしたのである。

大好きなクロヴィスを避け続けることは、フィオナにとってあまりにも辛いことだった。まるで身が引き裂かれるような思いだったのだ。

本当は、恋しい。

会いたくて、堪らない。

しかし、彼に生きてもらうためだと思えば、フィオナは何とか耐えられたのである。

本当はこの恋心ごと消してしまえれば一番良いのだが、それはどうしてもできなかった。フィオナはたとえ離れていても、何度忘れようとしても……結局毎日、クロヴィスのことばかり想っていたのである。

しかし、王立学園に留まって居ても、クロヴィスの活動は噂話となってフィオナの耳に届いていた。

例えば、半魔の子どもたちが人身売買組織に拉致されていたのを、助け出す中心になったとか。立てこもりの強盗を、あっという間に返り討ちにしてしまったとか。そんな、華々しい話ばかりだ。クロヴィスの騎士としての活躍には、目覚ましいものがあった。

それに加えて彼は、魔人に対する差別意識が少ない若年層の貴族子弟を集めて、半魔の人々を保護しようという運動まで始めているらしい。

――クロヴィスは本当に強い騎士になったんだ。その上、弱い立場にある半魔の人々を、守ろうとしているんだわ……。すごいなぁ……。

フィオナは噂を聞きつけては、誇らしい気持ちでいっぱいになった。それと同時に、すぐ傍でその活躍を讃えられないことを、とても悲しく思った。

「一年って、あっという間ねぇ。とうとう今日は、新一年生が入ってくるのね」

ある日、そうフィオナに声を掛けてきたのは、親友のローズモンド・アザール伯爵令嬢だった。彼女は、実はゲームにおける主人公のサポートキャラクターである。攻略対象との親密度などを教えてくれる、親切で面倒見の良い性格なのだ。

フィオナは彼女と数年前にお茶会で出会い、すっかり意気投合して親友になったという経緯があった。何度も家に呼んでいたので、彼女はクロヴィスとも顔見知りである。

声を掛けられたフィオナは、ローズモンドの言葉に力無く頷いた。入学から一年が経ち、もう四月になった。今日はとうとう、フィオナより学年が一個下であるクロヴィスが入学してくる日なのだ。

「フィー。クロヴィスが入学してくるのが、不安なのね？」

「うん……」

「もう……。そんなに気になるなら、無理に避けずに、今まで通り自然に接すれば良いのに……」

「そういうわけに、いかないじゃない。私は、義姉なのよ……ロヴィと一緒になるわけには、いかないもの……」

フィオナは俯いて、辛い痛みを堪えるように言った。親友のローズモンドにさえ、前世の話はしていない。もしもそんな話をしたら、どうかしたのかと思われて、最悪、親友を失うかもしれないのだ。転生者であるフィオナには、そんな恐怖が常にあった。

ローズモンドには、クロヴィスを好きなことと、彼に告白されたことだけをかい摘んで伝えている。自分の気持ちを、少しでも誰かに吐き出さずにはいられなかったのだ。

結局会わないでいる間も、フィオナのクロヴィスへの想いは消えなかった。それどころか、恋しい気持ちは募るばかりだった。

「でも、それじゃあフィーの心が限界を迎えてしまうわ。私は、それが心配なのよ。……あ。噂をすれば、新一年生がいるわ」

「えっ」

フィオナが顔を上げると、新一年生と思われる女の子たちが誰かを囲んで、キャーキャーと黄色い声を上げている。その中心にいるのは、他でもない、クロヴィスだった。

「ロヴィ……」

遠目にクロヴィスの姿を認めて、フィオナはあっという間に、目に涙の膜が張るのを感じた。

ずっと、ずっと会いたかった。

本当は、とても寂しかった。

すぐに抱きついて、クロヴィスの香りに包まれたい。

その綺麗なラピスラズリの瞳を、じっと見つめたい……。

クロヴィスはたった一年で随分と背が伸び、さらに精悍な顔つきになっていた。正直に言ってしまえば、ものすごく格好良い。

フィオナは自分の恋心が全く衰えていないことを、改めて突き付けられたような気持ちになった。むしろ、今この瞬間に惚れ直したと言っても良いくらいだろう。

そうしてフィオナがぼうっと見惚れていると、不意にクロヴィスの美しい瞳と目があった。彼はすぐにこちらに来ようとしたようだが、多くの人に囲まれているので阻まれてしまっている。

「行こう、ローズ」

「フィー、良いの？　でも……」

「良いのよ……！」

フィオナは、すぐさま彼のもとへ駆け出して行きたい衝動をぐっと堪え、足早にそこを立ち去った。

移動したフィオナは、第二王子アレックスにもばったり会った。彼もまた、今日入学する新入生のうちの一人である。プレイボーイであるアレックスも、何人もの女性たちに囲まれてちやほやされていたが、彼はするりと器用に抜け出して、フィオナに話しかけてきた。

「ああ！　フィオナ嬢。またお会いできて、嬉しいな。以前よりもさらに美しくなったね。可憐なすみれの花のようだ」

「ありがとうございます。お久しぶりですね、アレックス殿下。ご健勝そうで何よりですわ」

アレックスと会うのは、彼とクロヴィスの決闘以来のことだ。フィオナがカーテシーをして挨拶をすると、アレックスはフィオナの手を取り、恭しくキスを落とした。

「言っておくけど……君との婚約、俺はまだ諦めていないからね？」

「はあ………？」

フィオナは訳が分からず、ぽかんとした。何でよりにもよってゲームのメイン攻略対象が、フィオナのことをこんなに気に入っているのだろう。ひたすらに謎である。

「まあ、今回はクロヴィスにしてやられたけど。次は負けない。どうか、俺の活躍を見ていて欲しいな」

「して、やられたとは……？」

「すぐに分かるよ。ああ、もうすぐ入学式の時間だ。それでは、失礼するね。少しでも君の顔を見られて、とても嬉しかったよ」

一体、何があったというのだろう……。

しかしその謎は、すぐに解けることとなった。


入学式が始まった。式には入学生だけでなく、全学年の生徒が出席するのである。

「首席として入学したクロヴィス・アングラード様からご挨拶があります」

式の最中にそんなアナウンスが聞こえ、フィオナはぎょっとした。クロヴィスはなんと、首席で入学したらしい。

周囲もこれには驚いたようで、ひそひそと噂話を交わしていた。

「アレックス殿下が、首席じゃないだって？」

「公爵家のクロヴィス様が、アレックス様を抜いたということか……アレックス様は頭脳明晰なことで大変名を馳せていらっしゃるのに、すごいな」

確かに、これはすごいことだ。ゲームのシナリオでは、メイン攻略対象であるアレックスが首席として挨拶をしていたはずである。クロヴィスはよほど努力を重ねて、その運命を自ら跳ね返したということだ。

呼ばれたクロヴィスは堂々とした足取りで登壇し、挨拶を始めた。

「新入生の皆様、本日は、ご入学おめでとうございます。私はアングラード公爵家のクロヴィスと申します。学園関係者の皆様、本日は我々のために素晴らしい式を開催して頂き、誠にありがとうございます」

　クロヴィスは朗々とした声で話し出した。このたった一年で随分声変わりしたんだな、とフィオナは思った。美しい涼やかなテノールが、言葉を紡いでいく。

「さて、私たちはまだ若いとはいえ、立派な貴族です。貴族には社会を支え、より良くしていく責務があります。この学園で過ごす日々の中でも、我々はそのことを常に意識する必要があるのではないでしょうか。例えば、私は……病める人も貧しい人も、様々な人が差別されずに生きていけるような……そんな社会を、作っていきたいと志しています」

　クロヴィスは一旦言葉を打ち切り、全体を見回してから力強く言った。

「私は半魔ですが、そういった血筋に関係なく、貴族としての責務を立派に果たしていくつもりです。皆様もそれぞれの胸の中に、自分の理想の社会像を抱いてみてはいかがでしょうか。これから同窓の仲間となる皆様と、切磋琢磨して沢山のことを学んでいく日々を、心から楽しみにしています」

　それから彼は教師陣がいる方を向き、締めの挨拶をした。

「今後お世話になる先生がたや先輩がたには、是非我々をより良い方向へと導いていただければと思っています。ご指導ご鞭撻の程、どうぞ宜しくお願い申し上げます」

　クロヴィスはそこで挨拶を終え、礼をした。スピーチが終わった途端、観衆からわっと大きな拍手が上がった。彼の態度は終始堂々としており、とても立派だった。フィオナはクロヴィスがこの一年でさらに成長したのだと感じ、すっかりスピーチに聞き入ってしまったのだった。

式を終えたフィオナが寮に戻ろうとすると、その途中、追いかけてきた人物に声を掛けられた。

「フィー！」

その声の主は紛れもなく、クロヴィスだった。

息を荒らげてまで追いかけてきたらしい彼を、無下にすることもできず、フィオナはしぶしぶとした様子を演じながら会話に応じた。

「……ロヴィ。久しぶりね……」

「うん……本当に久しぶりだ。また一段と、綺麗になったね。フィー…………」

蜂蜜を溶かしたみたいに甘く微笑まれて、フィオナは顔が一気に熱を持つのを感じた。

そんなことを言われたら、否が応でもときめいてしまう。

「そういうロヴィこそ、その…………。すごく、変わったわ」

「そうかな？　中身はあまり、変わらないよ」

「ううん。色々な活躍を、聞いているもの……。すごいなって、ずっと思ってた。さっきのスピーチも、立派だったわ……」

「フィー………」

クロヴィスは心底嬉しそうに微笑みながら、フィオナの手を取って言った。

「お願いがあるんだ。三日後にある、新入生の歓迎パーティー。そこで、フィーをエスコートさせてくれないか？」

「えっ……!?」

「俺たちは、家族だし。俺にはまだ、婚約者がいないから。それが一番、自然なことだろう？」

「そ、それもそうね………」

確かに、クロヴィスの言う通りだ。婚約者など特定のパートナーがいない貴族の男性は、家族をエスコートするのが一般的である。

フィオナは、彼を避けなければならないのにというジレンマを抱えつつも、仕方がなく頷いた。

「分かったわ……。準備、しておくわね」

「良かった！　じゃあ、三日後にまた」

不意に手を引かれる。そのままクロヴィスはなんと、フィオナの頰、口端に近い部分にちゅっと軽くキスをして、ひらりと去っていった。フィオナはがばりと頰を押さえ、思わず真っ赤になって、その場に固まってしまった。

「な、なにあれ……格好、良すぎる……………」

フィオナは小声で、思わず苦情を言ってしまったのだった。


三日後の新入生歓迎パーティーは、すぐにやってきた。

フィオナは結局、親友のローズモンドにもあれこれ相談して、当日着るドレスなどに散々悩むことになった。だって、せっかくクロヴィスにエスコートしてもらえる機会なのだ。どうせなら少しでも可愛い姿で居たいというのが、乙女心というものである。

「これで、良いかしら。おかしなところはないかしら……?」

「とっても素敵です！　さすがは、お嬢様ですわ。社交界の華と言われているだけありますわ！」

メイドのコリーナは、喝采の声を上げた。

寮には各自一人まで、自分の家から使用人を連れて来ることができる。彼女は大変有能で、優しくて、半魔であるクロヴィスにも好意的な人物だった。フィオナが一番気に入って、信頼しているメイドなのだ。

準備ができたフィオナは、鏡で自分の姿を確認していた。

今日着ているのは、フィオナの瞳と同じすみれ色のドレスだ。上のビスチェ部分はコンパクトなデザインで、下のスカートは幾重にもオーガンジーが重ねられたAラインのドレスである。ビスチェ部分からスカートにかけては、少し濃いすみれ色の糸で立体的な花の刺繍が沢山施されており、大人っぽく上品なドレスだ。

ピアスとネックレスは、十五歳の誕生日にと、以前クロヴィスから贈られたものを身に付けた。クロヴィスの髪の色を思わせる、黄色いシトリンの宝石が嵌まったものである。このセットはとてもお気に入りで、実は学園のパーティーなどでも、フィオナは常にこれを使用していた。

――別に、家族から贈られた品を付けるのは、何もおかしなことじゃないよね……。

フィオナは自分にそんな言い訳をしながら、今日もいそいそとこれらを身に付けたのである。

メイクは薄い紫色と淡いピンク色を主体に、控えめに大人っぽく施してもらった。

さらに、ミルクティー色の髪は、コリーナと相談して編み込みのハーフアップにした。今日は格式ばった夜会ではないので、このくらいがちょうど良いだろう。まとめた部分には、すみれの花が模られた可憐なバレッタをつけてもらった。フィオナの髪は、もともと緩くウェーブしている。しかし、より可愛く見えるようにと、入念にコテまで使って調整してもらったのだ。

「お嬢様は、それはもう！　完璧ですわ！」

コリーナは、良い仕事したわ〜という感じで、大変満足げだ。

おかしなところはないと思うが、クロヴィスに気に入ってもらえるだろうか。フィオナは大変不安な気持ちで、彼が迎えにくるのを待った。


「フィー？　入るよ」

やがてノックの音がして、迎えのクロヴィスがやってきた。

クロヴィスが入室してきて、フィオナは固まった。正装した彼の格好良さに、圧倒されたのである。

彼の引き締まってスラリとした体躯には、黒の正装が大変よく似合っていた。テールコートの襟には銀糸で蔦模様が刺繍されており、とても上品だ。クロヴィスは背も高くなり、そのスタイルの良さがとても際立つようになっていた。

さらに、長めの前髪は半分上げられてセットされており、彼が持つ造形の素晴らしさが強調されていた。とにかく、圧倒的に顔面が良い。

――ひええ。わ、私、こんな素敵な人にエスコートされるの……？

フィオナが内心一人で大混乱していると、クロヴィスは半ばぼうっとしながらフィオナのところまで歩いてきた。そして、感動した様子でしみじみと言った。

「フィー……本当に、綺麗だ。言葉で、言い表せないくらい………。すみれの花の、妖精みたいだ…………」

「あ、ありがとう。ロヴィも、その。すごく素敵よ…………本当は誰にも見せたくない気持ちもあるけど……。はぁ……こんなに可愛くて綺麗な君を、今日は、俺がエスコートできるんだね。すごく嬉しいよ」

クロヴィスはその美しい目を細め、眩しそうにしながら言った。

「そのピアスとネックレス、付けてくれてるんだね。良く似合ってる……」

「きょ、今日はたまたまよ……！」

「それでも、嬉しいよ」

焦ったフィオナは、何だかツンデレのテンプレートみたいな台詞を言ってしまった。しかし、クロヴィスは優しく微笑むばかりだ。それから、腕をすっと差し出された。

「お手をどうぞ、お姫様」

「……ありがとう」

クロヴィスの腕を取ってエスコートの形になると、大好きな彼の香りがした。彼がいつも付けている、ウッド系の香水の香りだ。

フィオナはクロヴィスのことが恋しくて、寂しくて。学園で避けている間に、自分で手当たり次第に似たような香水を買ってみたりもした。だが、彼の香りを再現することはついぞ叶わなかったのだ。あまりにも懐かしくて、切ない気持ちでいっぱいになる。

「行こうか」

「ええ……」

こうして横に並び立つと身長差が明らかになり、会わない間にクロヴィスの背がぐっと伸びたのが分かる。

フィオナは大きく高揚する心を抑えられないまま、パーティー会場へとエスコートされたのだった。


二人は揃って、学園のダンスホールへと入場した。ワインレッドを基調とした上品なホールには、煌びやかなシャンデリアが吊り下がっていて、豪奢な空間だ。

王立学園は、この国の貴族子女のほとんどが通う学園である。だから併設されているホールも、とても立派なものなのだ。この学園は同年代の貴族同士の交流を促進し、社交の練習をさせる場でもある。

フィオナたちが入場すると、一斉に会場の注目を集めたのが分かった。

「見て。クロヴィス様とフィオナ様よ。お二人とも、なんて美しいのかしら……」

「とっても綺麗ね。憧れちゃう……！」

ひそひそと、学生たちが噂する声が聞こえてくる。フィオナは何だか照れ臭くなってしまい、少し俯いた。

「フィー、もしかして照れてるの？　可愛いな……」

「てっ、照れてないわ……！」

「そう？　じゃあ早速だけど、踊ろうか」

「え、ええ……」

　夢のように格好良いクロヴィスに導かれて、ホールの真ん中に出る。

　優しく腰を抱き寄せられて、クロヴィスの香りに包まれた。こうして密着すると、やっぱり一年前よりずっと逞しくなっているのが分かって、フィオナの心臓は煩いくらいドキドキと高鳴ってしまう。

　それから音楽に合わせて、二人は滑り出すようにして一緒にステップを踏み始めた。一緒に踊るのは久しぶりだが、息はぴったりだ。

　昔クロヴィスに何でも教えていた頃、フィオナはもちろんダンスも教えた。何度も何度も、二人で踊る特訓をしたことを思い出す。今では遠い昔の、大切な思い出だ。

　ダンス中、クロヴィスのラピスラズリの目は切なそうに細められ、フィオナだけを熱心に見つめていた。その目に、思わず吸い込まれそうになってしまう。

　フィオナがそうして見惚れていると、不意に強く、ぐっと抱き寄せられた。それと同時に、耳元に美しいテノールで囁かれる。

「俺は今でも、フィーのこと、諦めてないから」

フィオナの心臓は、ドッと大きな音を立てた。沸き上がる歓喜で、心がいっぱいになる。

クロヴィスが、まだ自分のことを想ってくれている……。その事実だけで、フィオナはもう涙が出そうになってしまった。


楽しい時間というものはあっという間で、曲はすぐに終わってしまった。

「フィー、疲れた？　俺はまだ、踊りたいけど……」

「……ちょっと、疲れちゃった」

「分かった。あっちで休もう」

本音を言うと、まだまだくっ付いて踊っていたかったが、フィオナは痩せ我慢をした。

クロヴィスに導かれ、ホールの中央から下がっていく。彼はすぐに飲み物を取ってきてくれた。

「外に出て、少し夜風に当たろうか。人が多いと、休まらないだろ？」

「うん……」

手を引かれて促されるまま、バルコニーへと出る。運動して少し汗をかいてしまったので、涼しい夜風が心地よかった。冷たい飲み物が喉を潤していく。

「ロヴィ、ありがとう」

「このくらい、何てことないよ」

　クロヴィスに微笑まれて、一歩、二歩と距離を詰められる。

　バルコニーには他に人影がなく、気がつけば二人きりになっていた。フィオナはしまったと思ったが、もう遅い。一気に距離を詰めてきたクロヴィスは痛いほど真剣な瞳をして、フィオナに言った。

「ねえ、ずっと気になっていたんだ。……俺を振った時。フィーは何だか、様子がおかしかったよね？」

「……！」

　フィオナはぴしりと固まった。

　あの時は、喜びと悲しみが複雑に入り混じって混乱していた。察しの良いクロヴィスからすれば、ちぐはぐな態度に映っていたに違いない。

「俺はそれが、ずっと気に掛かっていたんだ。ねえ、フィー。何か悩みがあるなら、どうか話してほしい」

「…………」

「俺のことが、信じられない？」

「そんなこと……ないわ」

　フィオナは必死に首を振り、潤んだ目でクロヴィスを見つめ返した。心に大きな迷いが生じてしまう。

——本当の気持ちを、相談しても良いのかな。

——私もクロヴィスが好きなんだって、正直に打ち明けて……前世のことも、全て隠さず打ち明けて……。これからどうするか二人で一緒に考えていく、そんな道もあるのかな……？

いっそクロヴィスに全てを委ねて、甘えてしまいたくなる。フィオナはそんな衝動のまま、想いを打ち明けようとした。

「ロヴィ、あのね…………」

しかし、そんな二人の空気を一気に切り裂く声が、大きく響いた。

「あ！　やっと見つけました……！　クロヴィス・アングラード様！」

それは鈴を転がすような、可愛らしい声だった。

その声の主は足早に、ずいっとクロヴィスに近づいてきた。何事かとフィオナは驚いたが、その人物の顔を目にして、もっと驚いた。

——ゲームの『ヒロイン』だ……!!

フィオナは、自分が今何を言おうとしていたのかを忘れてしまった。ただ呆気に取られて、彼女を呆然と見つめてしまう。

「お話し中のところ、割り込んで申し訳ありません。こんなところにいらっしゃったのですね。クロヴィス様！　私、ヴィオラ・マティスと申します！　あの……私、クロヴィス様のスピーチに、すっかり感動してしまって……！」

「は、はあ……」

「あの……！　あのスピーチを聞いて、私……、貴方のことが、好きになってしまいました！」

「は……!?」

「私は本気です！　貴方様のことを、もっと知りたいんです。どうか私と一曲、踊っていただけませんか？」

　フィオナは横で、ただただ驚愕していた。ゲーム、『トワイライトエンド』の『ヒロイン』であるヴィオラ・マティス……。彼女はこの入学式で、もうクロヴィスのことが好きになったのだと言う。ゆっくりと恋愛の段階を踏んでいく『ゲーム』内では、あり得なかったことだ。

　ヴィオラは輝くピンクブロンドに、ぱっちりと大きな金の瞳をしていた。顔がとても小さいのに、胸元なんかはフィオナよりずっと豊かで、スタイルが抜群だ。いかにも男性受けしそうな、甘くて華のある容姿である。ゲームのアイコンで何度も見ていた姿と、全く同じだった。

　クロヴィスと彼女が並び立つ姿は、正直とてもお似合いだった。フィオナは自分の見ていた夢が、サアッとすっかり覚めていくような、そんな心地だった。

「……すみません。俺は、今ちょっと忙しいので……」

「そうですか……。でも、私。本気で貴方のことを、お慕いしています！　それだけは、どうか分かって下さい……！」

ヴィオラは一切怯むことなく、真っ直ぐにクロヴィスを見つめて言った。よほどクロヴィスに強く惹かれたようだ。

フィオナはすっかり熱が冷めた頭の中で、一番大切なことを思い出した。

——クロヴィスを救えるのは、ヒロインのヴィオラだけ。脇役の私じゃない……！

ヴィオラがクロヴィスのルートに入るというのならば、それがクロヴィスにとっては一番望ましいことだ。そうすれば、彼は確実に助かるのだから。フィオナは自分が邪魔者でしかないということを、改めてはっきりと思い出した。だから早口で、捲し立てるようにクロヴィスへこう告げた。

「ロヴィ、私はちょっと気分が優れないから、先に部屋に戻るわね……！」

「え!?　フィー、大丈夫？」

「私は大丈夫！　あのね、ヴィオラ様と、ちゃんと踊ってあげて！　じゃあ、私はもう行くから……！」

手を伸ばしてくるクロヴィスを振り切るように身を翻し、足早にその場を去る。まるで心が引き裂かれるみたいに、胸が痛かった。

でも、フィオナはクロヴィスに、無事で生きていて欲しいのだ。自我のない魔王になんか、なって欲しくない。だからこれは、仕方のないことだ。そう何度も、自分に必死に言い聞かせた。

フィオナは何も見ないようにし、早足で寮にある自分の部屋に辿り着いた。ドアをバタンと勢いよく閉める。そのままドアに背を預け、ずるずると力無く滑り落ちて、自分の膝に顔を埋めた。

クロヴィスに近づくヴィオラの様子を、脳裏にはっきりと思い出す。

あの後二人は、どうなったんだろうか。沢山話をして、お互いのことを知ってから、寄り添ってダンスを踊ったんだろうか。そうしてクロヴィスの新しい恋が、今日始まったんだろうか……。そうやってどんどん想像を深めると、胸がしくしくと痛んだ。

「辛いなぁ…………」

ぽつりと呟いてから、フィオナは一筋の涙を零した。

一方のクロヴィスは、結局すぐにヴィオラを振り切り、会場の出口に向かっていた。その途中、第二王子のアレックスが周囲の女性たちに甘い言葉を吐き、軽薄な雰囲気で口説いているのが目に入った。

——あいつは、誰でも良いんだな。俺は、フィーしか要らない。他の女性になんか、全く興味がない。アレックス……あんな奴には、絶対にフィーを渡さない……！

アレックスを睨みつけ、小さく舌打ちをする。そうして会場を出ようとした時、親友のマクシミリアンに声を掛けられた。

「あれ？　クロヴィス、どうしたんだよ。フィオナは？」

「邪魔が入って、逃げられた。あともう少しで何か、大切なことを話してくれそうだったのに……」

クロヴィスが顔を顰めると、マクシミリアンはやれやれといった感じで手を広げ、呆れたように言った。

「そうやってあんまりしつこくするとさぁ、犯罪者一歩手前になるぞ。第一、前に一度、きっぱり振られてるんだろ？」

「ああ。木っ端微塵に振られた。でもそれくらいじゃ、絶対に諦めない。俺は何をしてでも、絶対にフィーを手に入れる」

「うわ、こえ〜……」

「うるさい」

クロヴィスは眉間に皺を寄せたまま、不機嫌な様子で壁に寄りかかった。マクシミリアンもその横に並ぶ。

「だって、お前のそれ、ものすごい執念だぜ。騎士団で次々と功績を挙げてるのも、学園に首席で入学したのも……全部、ぜーんぶ、フィオナだけのためなんだろ？」

「当たり前だ。俺には、フィー以上に優先することなんてない」

クロヴィスは少し首を傾げ、顎に手を当てた。そして思案するようにしながら、言葉を続けた。

「俺が振られた時も、そうだったけど……やっぱり今日も、フィーの様子はどこかおかしかった。あれは絶対、何かを隠してる。俺はこれから、密かにフィーの近辺を探ることにする」

「うわ。バレて引かれないように、程々にしろよ……お前のその執着、かなりアレなんだからさぁ……」

「分かってる」

クロヴィスは心得た様子で頷いた。マクシミリアンは、やれやれといった様子で溜息を吐いたのだった。

　入学パーティーから、数日後のことである。休み時間、フィオナは机に向かって物憂げな溜息を吐いていた。そこに、親友のローズモンドが声を掛けてきた。

「フィー、大丈夫？　ここ最近ずっとだけど、今日もすごく顔色が悪いわ」

「……そうかな」

「そうよ。ねえ、ちょっと外の空気を吸って、二人で話しましょう？」

　フィオナは力無く頷いた。あのパーティー以来、どうにも上手く眠れていないのだ。

　あの日、フィオナは改めて、自分がまだどうしようもなくクロヴィスのことを好きなのだと再認識した。そして、自分が邪魔者でしかないということもまた、はっきりと思い知ったのだ。

　フィオナはローズモンドに連れ出されて、人気の少ない庭園の隅にあるガゼボに来た。お互い向かい合って、椅子に座る。

　ローズモンドは心配で堪らないといった様子で、話し始めた。

「あの子……ヴィオラ・マティスっていう子。クロヴィスに、毎日とても積極的に迫っているって聞くわ。ねえ、フィー。本当にこのままで良いの？」

「うん……これで良いのよ。すごく優しくて真っ直ぐで、良い子みたいだし。それに、あの子は本当にクロヴィスのことを好きなんだって、伝わってくるもの……」

ヴィオラがクロヴィスに猛アタックしていることは、学園中の噂になっていた。ヴィオラから懸命に話しかけられているクロヴィスの姿を、直接見かけたことも何度かある。その度にフィオナは深く傷ついて、二人から目を逸らすように、足早にその場を立ち去っていた。

ローズモンドは、とても思案げに言葉を続けた。

「ねえ……貴女は今、せっかくクロヴィスと両思いなのよ？　無理に身を引くことはないじゃない。義姉弟って言ったって、もともと直接血の繋がりはないんだし。他家に一旦養子に入って結婚するとか、一緒になる方法はいくらでもあるわ。多少の障害にはなるけれど、貴族ではそこまで珍しいことでもない」

「…………」

フィオナは眉根を寄せ、唇を震わせた。

本当は、義姉弟だからという理由だけではないのだ。フィオナの行動は、クロヴィスに無事で生きていて欲しいという強い動機から来るものである。しかし親友のローズモンドにさえ、本当の事情を話す訳にはいかない。そのことがもどかしくて、フィオナはどうしようもなく辛かった。

フィオナはぐるぐると思い悩んだ後、何とか言葉を絞り出した。

「これで、良いのよ……。無理を通して義姉と結婚するよりも、ヴィオラと恋をして結ばれる方が、自然なことだもの……」

「そんな……。それじゃあ、フィーの……貴女の気持ちは？　一体どうなるの？」

ローズモンドに真剣に問われ、言葉に詰まってしまう。

本当は……本当は、すごく嫌だ。

クロヴィスに、他の女の子が近付くのは嫌だ。彼が他の女の子と恋をするのを、黙って見ていなければならないことも嫌だ。

すごく嫌だし、胸が張り裂けそうなほど苦しい。

ローズモンドに真剣に見つめられ、フィオナの体は戦慄いた。

「わ、私は……私は………！」

とうとう耐えきれなくなり、本当の想いを吐露する。

「私は。本当は………やっぱり、ロヴィが好き。一人の男の人として、好きなの！　どうしても、大好きよ………！」

フィオナのすみれ色の瞳からは、ぽろりと一筋の涙が零れ落ちた。それを皮切りに、次々と大粒の涙が零れ落ちていく。

「本当は、ロヴィが他の女の子と恋をするのなんて嫌。絶対に嫌よ………！」

「フィー…………」

「でも！　私と結ばれると、クロヴィスが、死んじゃうの……！　だから、私は………どんなに辛くても、逃げなくちゃいけないの…………!!」

そうフィオナが叫んだ、次の瞬間である。そこに居なかったはずの人物の声が、突如響いた。

「フィー。今の話、本当？」

驚いて顔を上げる。なんと、ガゼボの陰から出てきたのは……他でもない、クロヴィスその人だった。

「ロヴィ…………!!」

クロヴィスは、フィオナが初めて見る表情をしていた。

その秀麗な顔が示していた感情は、困惑でもなければ、歓喜でもなく……非常に苛烈な、怒りだった。

「俺のことを、好きなのに……。俺から逃げるって言うのか？　フィー…………」

一歩、二歩とどんどん距離を詰められる。

クロヴィスの迫力に押され、フィオナは身じろぎ一つもできなかった。

「そういうことなら、もう、逃がさないから。…………どこまでも追いかけるから、覚悟して？」

そして青褪めるフィオナを前に、クロヴィスは艶やかに笑った。

それはまるで、獲物を目の前にした、肉食獣のような笑みだった。

フィオナはその場にいることに耐えられず、魔法を使って遠くに転移した。

こうして、フィオナがクロヴィスから死に物ぐるいで逃げる日々が……幕を開けたのである。


逃げたフィオナは結局、すぐにクロヴィスに捕まえられてしまった。後ろからぎゅっと抱き竦められて、フィオナは一瞬固まる。しかし諦めずに、もう一度転移した。それでもまた、同じように捕まってしまう。それを全部で、三度繰り返した。

そうしてがむしゃらに逃げた先、フィオナはどこかの森の中でクロヴィスに追いつかれ、強く手を掴まれてしまった。

「もう無駄だよ。フィー」

「ど、どうして私の行き先が分かるの……!?」

「それは内緒」

「うう……！」

転移を繰り返したので、フィオナの魔力はもう底を突いてしまった。もともと魔力量がそんなに多い方ではないため、一日に転移できるのは三度が限界なのだ。魔力は基本的に、眠らないと回復しない。一気に魔法を使いすぎたフィオナはもう疲労困憊で、肩で息をしていた。

しかしそんなフィオナに対して、クロヴィスは汗一つかいていない。彼は呆れをたっぷりと滲ませた声で言った。

「フィー。もしかして……そうやって、ずっと俺から逃げ続けるつもりなの？　俺は絶対に追いかけ続けるし、永遠に終わりがないけど？」

「………そうよ、逃げるわ。ずっと、いつまでも！」

フィオナが言うと、クロヴィスは溜息を一つ吐いてから言った。

「良いよ。フィーが俺から逃げるっていうなら、受けて立つ。だけど……このままだとフィーが、体を壊すな……」

クロヴィスは腕を組み、眉根を寄せて少し悩んだ後、提案をしてきた。

「……分かった。それじゃあ、ちゃんとルールを決めよう」

「ルール……？」

フィオナはきょとんとして、クロヴィスの方を振り向いた。彼は真剣な様子で、考えながら言葉を紡いだ。

「そうだな……。まず、俺が追いかける側なのは大前提として……。毎日、学園の終業のベルが鳴ってからを始まりにしよう。授業中まで逃げ続ける訳には、いかないだろう？」

「う、うん……そうね？」

「あとは、フィーが体調を崩すと困るから……十九時を、一日のタイムリミットにしよう。食事と睡眠は、しっかりとって欲しい。それから、学園の休日は、部屋でしっかり休養すること」

「あ、ありがとう……」

クロヴィスはフィオナの身を案じて、かなり妥協してくれるらしい。フィオナは思わずお礼を言ってしまった。

「それで……卒業するまでにたった一日でも、十九時まで俺から逃げ切ることができたら。俺はフィーのことを、すっぱり諦める」

「えっ……!?」

「でも、それまでは毎日、本気で追いかけるよ。それから、フィーを捕まえた後……十九時までの時間は、俺の自由にさせてもらう。この条件で、どう？」

意外な条件を提示され、フィオナは考え込んだ。

一日でも逃げ切れたら、諦めてくれる……フィオナの持っている特異魔法から考えても、これは自分にとって、非常に有利なルールであるように思われた。

フィオナだけが持つ特異魔法、《標的捕捉》。それは、任意の人物を標的に設定すると、その人物が今から取ろうとしている行動が詳細に分かるというものである。つまりフィオナは、この魔法を使い、クロヴィスがこれから行こうとしている場所から反対方向に転移すれば良いわけだ。特定の人物から逃げるのにおいては、最適の能力であると言えた。

まあ、今日は何故か行き先を特定され、クロヴィスに捕まってしまったが……特異魔法さえ使えば、もっと上手く逃げられるはずである。

少し考えてから、フィオナは大きく頷いた。

「分かった。ロヴィ、その条件を受けるわ」

どの道、フィオナはクロヴィスから逃げ続けるしかないのだ。それならこの条件を呑んだ方が良いだろうと判断した。

「よし、決まりだ。じゃあ、明日から始めよう。……絶対に、毎日捕まえるから」

クロヴィスが好戦的な笑みを浮かべて言ったので、フィオナもきりりとして負けじと言い返した。

「私だって……！　絶対にロヴィから逃げてみせるわ！」

一日でも早く、必ず逃げ切らなければいけない。何せ、これにはクロヴィスの命がかかっているのだ。二人はしばし睨み合い、緊迫した空気が漂った。

しかしそこでクロヴィスは、はたと気がついたように言ってきた。

「……ところで、フィー。君は、ここが一体どこなのか、分かってるの？」

フィオナはうぐっと言葉に詰まり、しどろもどろになりながら答えた。

「……わ、分からないわ。さっきはとにかく、がむしゃらに転移したから……」

情けなさで縮こまる。フィオナより歳下のはずのクロヴィスは、再びすっかり呆れた声を出した。

「どうせ、そんなことだろうと思った。今日は俺が、寮まで送るからね」

一瞬で手を搦め捕られる。逃げてきたはずなのに、結局送ってもらうことになってしまった。

――こ、こんな調子で、大丈夫なのかしら……？

やや先が思いやられるが、明日から頑張れば良いかと考え、フィオナは自分を何とか納得させたのだった。

# 第四章　逃走と追跡

数日後。

「ローズ！　私、今日こそ逃げ切ってみせるから!!」

「無駄な抵抗(ていこう)だと思うけどね……。まあ、行ってらっしゃい」

授業終了(しゅうりょう)のベルが鳴ると同時に、フィオナは立ち上がった。クロヴィスから逃げるのは、もう日課となってしまっている。親友のローズモンドにばっさりと断言されてしまったが、フィオナは諦めるわけにはいかない。だから、今日もすぐさま特異魔法を詠唱(えいしょう)した。

「《標的捕捉(ターゲティング)》！」

魔法により、クロヴィスが今日は南側を重点的に張ろうと考えていることを掴んだ。

フィオナはあまり深く考えずに、反対方向の北側に転移することにした。『その時点で』しようと思っていることは、《標的捕捉(ターゲティング)》を使えば詳細に分かるのだ。クロヴィスがしかし、フィオナのこの魔法を以(もっ)てしても……クロヴィスからは未(いま)だ、逃げ切れた例(ため)しがなかった。

その理由は、クロヴィスの能力が文字通りのチートであったからである。

「無駄だよ、フィー。《千里眼》」

早速二年生の教室に現れたクロヴィスは、特異魔法を詠唱した。

《千里眼》――それは、全てを見通す魔法である。自分の取る選択肢によって変化する、幾通りかの未来を見通すらしい。しかも、自分を中心とした数キロメートル先まで、俯瞰的に見られるそうだ。これらは後になって、マクシミリアンから半ば無理やり聞き出した情報である。そんなのあまりにも反則だと、フィオナは仰天した。

ルールを取り決めた当初、フィオナは自分が圧倒的に有利だと考えていた。何故ならクロヴィスの特異魔法は、フィオナが学園に入学した後に発現したもので、当初のフィオナは詳細を知らなかったからである。彼の特異魔法《千里眼》は、ゲームのクロヴィスが魔王として使用していた能力とも、全く異なっていたのだ。

蓋を開けてみれば、単なる脇役キャラにすぎないフィオナの能力は、ラスボスキャラのクロヴィスに比べて圧倒的にショボかったのである。

「でも、私は諦めない……！」

フィオナは呟いた。とりあえず、今まで取ったことのない作戦を端から試していくことにする。

今日のフィオナは最初に二回連続して転移して、クロヴィスから大きく距離を取ることにした。転移した先は、王都の端の方、市場の雑踏の中だ。

「人混みに紛れてしまえば、いくらロヴィでも追いにくいはず……！」

全力で逃げて逃げて、どんどん人口密度の高い方に行く。

しかし、人が特に密集している市場のど真ん中に立つと、小柄なフィオナは人混みにもみくちゃにされてしまった。

「きゃっ……！」

大きな男に押しやられて、思わずバランスを崩す。

しかし、そんなフィオナの体をしっかりと支えてくれる者がいた。

「すみません！　ありがとうございま――……」

「大丈夫？　フィー」

聞き馴染んだ声がする。支えてくれたのは、何とクロヴィスだった。

おかしい。

クロヴィスが行こうと思っていた反対方向に飛んだはずなのに、追いつくのが早すぎるではないか！　フィオナは一気に青褪めて、すぐに魔法を使った。

「《標的捕捉》！」

再度特異魔法を使い、クロヴィスが目を付けているのとは反対方向に転移する。しかし、そこは砂浜だった。

「う、海……!?　まずい、隠れられる場所が、どこにもないわ！」

とにかく、少しでも遠くに逃げなければ。そう思ってがむしゃらに走るが、砂が靴に入ってくるし、足も取られる。フィオナは靴と靴下を脱ぎ、裸足になって駆け出した。

「これ、すんごく疲れるっ…………！」

令嬢というものは、基本的に体力が全くないのだ。疲労でよろけてしまい、またしても転びそうになる。

しかしフィオナは、その先にいた人物にしっかりと抱き止められた。この感触に、この香りに、あまりにも覚えがありすぎる。

「見つけたよ、フィー」

なんと、その日のフィオナは、三回も転移した先の砂浜で……見事待ち構えていたクロヴィスに、危なげなく抱き止められてしまったのだ。

「全く、フィーは令嬢なのに……。こんなところで素足を晒しているのは、いただけないな」

「ロヴィ！　いくら、特異魔法があるからって……！　どうしてそんなに早く、私の居場所が分かるの……!?」

「それは内緒。でも…………」

クロヴィスは首を傾げて、優雅に微笑んだ。

「今日も、俺の勝ちだね？」

そう。クロヴィスからの逃走を始めてからというもの、毎日こうだった。

街の真ん中に転移して雑踏に紛れた時も、前方からクロヴィスが現れた。

塔の天辺に転移して身を隠しても、下方からクロヴィスが登って来た。

崖の底に転移して縮こまっていても、上方からクロヴィスが降りて来た。

そんな毎日が、このところずっと続いているのだ。

――怖い。

それが、フィオナの正直な感想だった。

どうやって捜索して移動しているのか詳細には分からないが、彼の追跡能力は異様に高かったのである。

さらに、無表情で全力疾走してくる長身の美形というものは、迫力満点だった。彼は騎士なので、足も速ければ持久力もある。しかも、真剣すぎて常に殺気立っている。

――はっきり言って、滅茶苦茶、怖い！

フィオナは本気で半泣きになりながら、毎日逃げていた。

それでも、諦める訳にはいかない。大好きなクロヴィスの命のために、フィオナは必死に逃げ続けたのである。

「ねえ二人共。相談に乗って。私、どうやって逃げたら勝てると思う……？」

その日、夕食を摂りながら、フィオナは不安げに呟いた。

貴族用の立派な食堂の向かいの席には、ローズモンドとマクシミリアンが着席している。

フィオナとクロヴィスの追いかけっこを見守るうち、この二人はすっかり仲良くなったらしい。その上マクシミリアンは、最近ローズモンドに求愛しているらしいのだ。今のところ、ローズモンドがあっさり振り続けているらしいのだが、マクシミリアンに諦める様子は微塵も見られない。そういうわけで、最近は三人で一緒にいることも多くなったのである。

ローズモンドが呆れた様子で言った。

「二人の追いかけっこ、随分と長引いているもんねえ」

「お、追いかけっこなんて生半可なものじゃないわ。遊びじゃないんだから！」

フィオナはむきになって言い返した。それから眉を下げて、懇願する。

「私は真剣なのよ。お願い、知恵を貸して……！」

話を聞いていたマクシミリアンは、困りきった声を出した。

「そんなこと、言われてもなぁ。俺は一応、クロヴィスの一番の味方で居たいと思ってるしさ～……」

「お願い、マックス！　ねえ、私とだって、小さい頃からの友人でしょう⁉」

「そりゃあそうだけど………ううん。正直、難しいな」

しばらくうんうんと考えた後、親切なマクシミリアンは意見を出してくれた。

「クロヴィスは多分、《千里眼》で俯瞰的に見られる能力をフルに使っていると思う。あの能力は……たとえるなら、鳥になって空を飛びながら、地上を拡大して見ているような感じみたいだよ」

「ふむふむ……」

「だからフィオナは、どこか潜り込める場所を探して、なるべく身を隠した方が良いと思う。上空から姿が確認できなければ、格段に追いかけにくくなると思うんだ」

「成程……！　勉強になるわ！」

フィオナは取り出したメモ帳に、熱心に書き込みを入れた。潜り込める場所。それは、今まであまり意識していなかったポイントである。

しかし、マクシミリアンの隣にいるローズモンドは、溜息を吐きながら言った。

「でも、クロヴィスは何通りもの未来を見通すんでしょう？　上手く隠れたとしても、結局は見つかるんじゃないかしら……？」

「いや、見える未来の数には、必ず限りがあるはずだ。特異魔法だって万能じゃない。要は、十九時まで逃げ切れば良いんだろ？　それなら勝機はある。フィオナが身を隠しやすい戦場を選んで、そこに勝負を持ち込めば良いんだよ」

作戦を立ててくれるマクシミリアンは、すっかり騎士の顔つきになっていた。本気で考えてくれているのだ。

「身を隠しやすい……例えば、森の中とか？」

「そうだね。なるべく、障害物が多い場所が良いんじゃないかなあ。試してみる価値はあると思うよ」

頷いたマクシミリアンに、フィオナは大変感動した声で言った。

「ありがとう……！　マックス！　光明が見えた気がするわ……！」

「そんなにうまくいくとは、私には思えないけれど……」

「いやあ、俺も言ってみただけで、絶対とは言い切れないからなあ～」

アドバイスしたはずのマクシミリアンまで、何だか諦めムードだ。大変失礼である。呆れた様子のローズモンドが、横から補足した。

「全く、マックスは本当に適当なんだから……。そうね……私からも一応、アドバイスするわ。フィーはとにかく『クロヴィスが思っているのと反対方向』にばっかり転移しているんじゃないの？」

「すごい！　どうして分かるの？」

ローズモンドは再び盛大な溜息を吐いた。

「やっぱりね。いかにも、フィーの考えそうなことだもの……それも含めて、多分クロヴィスには読まれているわよ。貴女の考えそうなことは、きっと全部分かってるわ」

「ええっ⁉」

「クロヴィスは貴女と一緒にいた時間がとっても長いんだから、当たり前でしょう？　むしろそれを、最大限に利用して動いているんじゃないかしら。転移先は、もうちょっとよく考えた方が良いわよ。敢えて、クロヴィスが考えている方向に転移するとかもアリね」

「なるほど………！　参考になるわ！」

フィオナは作戦をどんどんメモに書いていった。今日のアドバイスだけでも、何だかとても進歩した気がする。

「明日こそ、頑張るわよ！」

苦笑する二人を前に、フィオナは張り切った。自分だけは諦めるわけにいかない。明日こそ絶対に勝つ。そう、胸に誓いながら。


翌日。

薄暗い茂みの中を、フィオナは逃げ続けていた。マクシミリアンにアドバイスされた通り、身を隠しやすい森の中へと逃げ込んだのである。

フィオナは息がすっかり上がって、その頬は薔薇色に上気していた。膝に手をついて、大きく息を吐き出す。

「ここまで来れば、さすがに大丈夫でしょ……！　だって、私にもっ……！　ここがどこだか、分からないものっ……！」

地図上で事前に確認した森の中の、一体どの地点なのか……フィオナは既に、見失っていた。だが二回連続で転移して、学園からはかなり遠くへきたはずだ。それに、森の中での追いかけっこなら割と慣れている。幼い頃に、散々クロヴィスとやったからだ。

自分の身体の小ささを活かしてうまくどこかに隠れれば、勝機はある。フィオナはそう考えていた。見た先にちょうど、隠れられそうな洞穴を見つけて、一目散に走り出す。

その、瞬間だった。

――ぞくり。

「見つけたよ、フィー」

背中を悪寒が駆け巡るのと、背後から大きな腕に抱きすくめられるのはほぼ同時だった。

本当は大好きな、彼の香りに包まれる。

「ロヴィ……!!」

フィオナはすっかり絶望した声を出した。予想していたよりも、ずっと早く見つかってしまったからである。

「今日は随分と、よく考えたね？　もしかして、誰かからアドバイスをもらった？」

「……黙秘するわ」

「でも、もう逃がさないよ」

「……諦めないから！　《標的捕捉》！」

即断即決で特異魔法を使い、その日三回目の転移を行った。もはや転移先を細かく指定する余裕がないので、適当な座標に設定する。

しかし、フィオナが転移した先は……何とよりにもよって、森の中にある池の上だった。

ザバン!!

勢い良く落下して、水飛沫が上がる。

「うそでしょ〜〜!?」

最悪なことに、フィオナはほとんど泳げないのだ。必死に手足をバタつかせるが、すぐそこにある岸に辿り着けない。服が濡れて重たくなり、あっという間にブクブクと溺れていった。

「う、ぐぅっ……！」

「フィー!!」

即座に転移して走り寄ってきたクロヴィスが池に飛び込んで、フィオナを抱え込んだ。

彼女をしっかりと抱いたまま、真っ直ぐに泳いで岸に上がる。すぐにフィオナを引き上げて、クロヴィスはその肩を掴んだ。彼の手は少し震えている。よほど肝を冷やしたのだろう。

「ゴホ!!　ゲホッ…………!!」

「フィー!!　馬鹿!!　なんて無茶するんだ!!」

「ロ、ロヴィ……！　ゴホッ、ごっ……ごめんなさい!!」

クロヴィスは本気で怒っていた。当たり前である。面目ない。彼を助けるために逃げているはずなのに、逆に助けられるとは、一生の不覚だ。

クロヴィスはフィオナを強く抱き締めると、魔法を使った。暖かい風を起こして、彼女を丁寧に乾かし始めたのだ。

「大丈夫？　結構、水飲んだだろ？」

「うんっ……だいじょ、ぶ…………ケホッ」

「……全く……！　フィーはなんでそう、向こう見ずなんだ!?　もし俺が間に合わなかったら、どうする気だった！　そもそも、ここから帰る算段はついていたのか!?」

「ご、ごめんなさい。全然、ついてません。考えなしでした……」

「本当に……フィーは、昔からそうだよな。小さい頃は、珍しい花を取ろうとして崖から落ちたこともあったし。幻の鳥を探すって息巻いて、山で遭難しかけたこともあったっけ……」

「ううう……！」

　クロヴィスのお小言が止まらない。これでは、一体どちらが歳上なのか分からないではないか。フィオナは唇を噛み、クロヴィスからくどくどお説教を受けながらも、腕の時計をちらりと見た。そして、がっくりと項垂れる。時刻は十八時半。もう今日は既に、転移を三回使ってしまった。魔力はすっからかんだ。つまり、今日も結局、完全にクロヴィスに捕まってしまったということだ。

　――あともう少しで、逃げ切れたのに……！

「ぐやじい……!!」

「フィーは相変わらず、負けず嫌いだな……」

　そう言われて、フィオナは言葉に詰まる。少し訂正したいが、クロヴィスには何も言わなかった。

　悔しいのは、単に逃げ切れなかったことに対してではない。

　他でもない、クロヴィスの命がかかっているのに、毎日捕まってしまう自分が……何よりも、情けなくて悔しいのだ。

　髪と服を乾かした後、クロヴィスは震えるフィオナに自分のジャケットを被せた。そして薪になる木をかき集めてきたと思ったら、魔法で手際よく火を起こした。さすがは現役の騎士である。

座って火に手をかざしていると、後ろに座られて、そのまま抱きかかえられてしまった。背中にクロヴィスがぴったりと密着している。彼の大きな身体に包まれて、フィオナの心臓はドキドキと高鳴って止まらなかった。

フィオナは不自然にひっくり返った声で、必死に言葉を出した。

「こ、こ、こんなにくっつく必要は、ないんじゃないかしら……!!」

「ダメ。捕まえてから十九時までは、俺が自由にするって約束でしょ」

「ううっ……!!」

言葉に詰まってしまう。確かに、約束は約束だ。

この十九時までの、空白の時間。これが……毎日フィオナにとっては、拷問(ごうもん)のような時間なのである。

「はぁ……無事で良かった。大好きだよ……フィー」

なんとこの時間、フィオナは……好きな人に甘く囁(ささや)かれ、口説かれ続けるのだ。

……大変な、大変な拷問である！

しかし、負けてばかりではいられない。フィオナは今日、ささやかな抵抗(ていこう)を試みることにした。クロヴィスをどうにか直接、説得してみようとしたのだ。

「ロヴィ。あのね、詳細(しょうさい)な理由は話せないけど……もしも私と結ばれたら、本当にロヴィの身が危険なのよ。嘘(うそ)じゃないの」

「ふぅん……」

クロヴィスは生返事をした。全然聞いていない。フィオナは必死に捲し立てた。

「ねえ、ちゃんと聞いてるの!?　私は、ロヴィの身を助けたいのよ……！　だから、お願い。私のことは、どうか諦めて！」

「フィー」

突然真剣な声を出したクロヴィスに、ぐっと力を入れられる。そのままどさりと倒され、地面に背中がついたのが分かった。あっさりと押し倒されたのだ。

クロヴィスはその美しい瞳で、真っ直ぐにフィオナを見つめていた。距離が、あまりにも近い。その上、彼の首や額には少し濡れたままの金の髪が張り付いていて、壮絶な色気を放っていた。

すっかり真っ赤になって固まってしまったフィオナに、クロヴィスはぐっと顔を近づけて言った。

「俺の身が、どうなったっていい。俺は、それだけ……フィーのことが、大好きなんだ」

「……！」

「フィー以外の人なんて、要らない。俺は、フィーだけが欲しい……」

鋭く光るラピスラズリの瞳に射貫かれて、心臓がいよいよ壊れそうなほどバクバクと鳴る。

まだ水で冷たくなったままの頰に、大きな手をそっと添えられた。触れられた箇所が、ものすごく熱くて、全身にびりびりとした刺激が走った。

そのまま、クロヴィスの顔がだんだん近づいてきたその時……思わず目をぎゅっと瞑りながら、フィオナは大声で叫んだ。

「………もう、十九時！　今日は終わり！」

ちょうどフィオナの時計から、十九時を知らせる音が鳴ったのだ。これには助かったと思った。

「タ、タイムリミットよ！　じゃあね！」

ドンとクロヴィスを思い切り押して、下から無理やり抜け出す。フィオナはそのまま、勢いよく逃げ出そうとした。

——も、もう少しで、キスされそうだった……!!

真っ赤になったフィオナは、もうパニック状態になっていた。しかし、すぐにクロヴィスに手を取られてしまう。

「フィー。帰るのは、無理だよ」

「えっ……。どうして？」

「どうしてって……。ここがどこか、分かってるの？」

「えっと、あんまり……」

「はぁ……。あのね。ここから徒歩で学園に帰るには、半日以上はかかる。この辺は野生の魔獣も出るし、夜道はとても危険だ」

「えっ。もしかして、今日……帰れないの？」

「そうだよ。フィー、もう今日は、転移が使えないんだろ？　それなら泊まりだ。明日、学園が休みで良かったね」

「そ、そんな……！」

愕然としてしまう。無闇矢鱈と逃げ回った結果、クロヴィスと外泊する羽目になるとは思わなかった。

「これに懲りたなら、逃げる時はもう少し、時間と場所を考えること」

「ごめんなさい……」

「反省できるなら良し。俺のカバンに携帯食料が入っているから、今日はそれを分けて食べるよ」

「うう……私は、カバンを置いて来ちゃった……。ごめんね」

「良いよ、もう謝らないで」

クロヴィスはカバンから、缶詰を次々に出して開けた。きちんと二人分用意してあったらしい。一体、どこまで見抜かれているのだろう。フィオナは自分が情けなくて、恥ずかしかった。

彼が出した缶詰は、パンとビーフシチューのものだった。それを焚き火で温めていく。できあがったものを、二人は黙って一緒に食べ始めた。クロヴィスと食事を摂るのなんて、久しぶりだ。昔はいつも二人きりで朝昼晩の食事をしていたのに、不思議な感じがする。

「美味しいね、これ」

「うん。お薦めのやつ。缶詰も、なかなか侮れないよ？」

「パンも結構柔らかいし、すごいわ」

「フィーと食べるつもりで、選んだから」

優しく微笑まれて、フィオナは弱ってしまった。小さくなって、また謝ってしまう。

「結局すっかりお世話になっちゃって、ごめんなさい……」

「ふふ。フィーのお世話なら任せて？」

クロヴィスは全然平気そうな顔だ。何というか、先ほどキスしようとしていたとは思えないほどナチュラルな態度である。きっと敢えてそうすることで、フィオナを安心させようとしているのだろう。これではまた更に、好きになってしまうではないか。

「この先に山小屋があるから、そこを借りるよ」

「ロヴィの特異魔法って、本当に便利ね……」

「まあね。周辺の地図も、ある程度は頭に入れてあるし、それを魔法で確認している感じかな」

フィオナは現在位置を見失っているというのに、クロヴィスはさすがである。彼に勝てるビジョンが、どんどん見えなくなっていくフィオナだった。

缶詰のご飯を食べ終わった二人は、一緒に山小屋へ移動した。魔法の温風と焚き火のお陰で、冷えていた体はすっかり温まっている。

移動した先にあったのは、とても小さな山小屋だった。ベッドは一つきりしかない。おろおろして慌てるフィオナをよそに、クロヴィスは至極落ち着いた声を出した。

「俺は暖炉に、火を起こすよ」

「じゃ、じゃあ私は、何があるか確認をしてくるね……」

探してみると、毛布と布団は二組ずつあった。少しだけホッとする。クロヴィスはまた魔法で、手際よく火を起こしたようだ。既に暖炉の温かい灯りがついていた。

「今日は俺が、床で寝るから」

「えっ!?　そんな！　泊まりになったのは私のせいだし、私が床で寝るわ！」

「フィーにそんなこと、させるわけないだろ」

「で、でも……！」

「じゃあ、一緒に寝る？」

「うっ…………い、いいい、わよ？」

フィオナがおずおずと了承すると、クロヴィスは少し目を見開いた。

——だ、だって！　ダメ、って拒否したら……異性として意識していますって、宣言しているようなものじゃない……！

フィオナは自分に言い訳をした。それに、昔は毎日一緒に寝ていたのだし、今更特に問題はないはずだ。

先にベッドに入って、ぽんぽんと脇を叩いてみせる。するとクロヴィスは戸惑いながらも、少しずつ近くに寄って来た。

「じゃあ……本当に入るよ？」

「どうぞ……」

クロヴィスがベッドに乗り上げてくる。ギシリと鳴った音がなんだか生々しくて、心臓が跳ねた。

小さいベッドなので、自然と二人の距離は縮まってしまう。クロヴィスは少し考えるそぶりをした後、腕をぬっと差し出した。

「ごめん。俺の腕の、置き場がない。嫌じゃなかったら、腕枕で寝て」

「う、うん……」

クロヴィスは手足が長いので、持て余してしまうのも仕方がない。フィオナは彼の逞しい腕に、恐る恐る顔を置いた。温かい。それに、すぐにくっついてしまいそうな距離に、ラピスラズリの光があった。フィオナの心臓は異常なくらい跳ねて、バクバクと煩い音を立て続けている。

一方のクロヴィスは、少し目を伏せてじっとしていた。

――なんでクロヴィスは、こんなに平気そうなんだろう……。

フィオナは何だか段々と悔しくなって来て、尋ねた。

「ねえ。私と、寝るの……ドキドキしないの？」

「するよ」

「へ」

「するに決まってる。フィーと一緒に寝るのを止めた頃には、もうドキドキしてた」

「えっ…………!?」

フィオナは記憶を辿った。

クロヴィスと添い寝するのを止めたのは、十歳の頃だ。クロヴィスから突然、今日から別々で寝ようと言い出してきて、とてもショックを受けたのを覚えている。

つまり。クロヴィスはそんなに前から、フィオナのことを異性として意識してくれていたということだ。

フィオナが猛烈に照れて赤くなっていると、クロヴィスが自分の髪をくしゃくしゃと掻き交ぜながら言った。

「ああ！　もう！　そんな、可愛い顔しないで。今日は、もう……何もしないって誓うから」

「う、うん……」

今日は、というところがやたらと強調されているのが気になるが、フィオナは一応頷いた。

「こんなの、久しぶりだね」

「うん……」

「フィーが居たから、俺は上手く眠れるようになったんだよ」

「そうだったっけ？」

「うん。俺は、眠り方すら知らなかったんだ……」

疲れているらしいクロヴィスの顔は、もう眠気でとろんとしてきている。その姿が、記憶の中の小さなクロヴィスに重なって、フィオナは微笑んだ。

――今も、クロヴィスを思い切り抱き締めてあげられたら良いのに。

そう思うが、あの頃とはもう、何もかもが違う。体の大きさも、二人の関係も。何もかもだ。

「おやすみ、クロヴィス」

フィオナには、クロヴィスと結ばれる権利はないのだ。自分から触れる権利すらない。

込み上げる切なさを堪えながら、フィオナはおやすみの挨拶をした。

「フィー、朝だよ」

「ふあ……」

目を覚ますと目の前に、彫刻のような美しい顔があって、ぎょっとした。

どうやらフィオナは、寝ながらクロヴィスに思い切り抱きついてしまっていたらしい。

またもや、とんだ不覚である。

「ご、ごめんなさい！　なんか、抱きついてたみたいでっ……！」

「ん。すごく可愛かった」

「かっ……!?」

フィオナが抗議しようとすると、クロヴィスの目元も赤く染まっているのが見えた。さすがの彼も照れているのだ。

それを見たフィオナは、林檎よりも真っ赤になってしまった。あまりにも恥ずかしい。

クロヴィスは空気を変えようとしたのか、がばりと起き上がり、すぐ側にある窓を指差して言った。

「ほら。朝日が綺麗だから、見てごらん」

「……わあ…………！」

クロヴィスに指し示された窓の向こうを見ると、雲の切間から美しい朝日が昇っていた。

「すごく綺麗ね！」

「うん……」

フィオナが思い切り微笑むと、クロヴィスは切なそうに目を細めながら彼女を見て、言った。

「朝日が昇るだけでも、嬉しいんだ」

「え……？」

「フィーの隣なら、色んなものが綺麗に見える。世界中が、美しく見える」

そのラピスラズリの瞳は、よく見れば少しだけ、涙で潤んでいた。

「俺にとって、そんな人は……フィーだけだよ」

「ロヴィ………」

――そんなの、私だって。

フィオナは自分も同じだと声を大にして言いたかったが、ぐっと言葉を堪えた。

そうして二人で並んで、しばらくただ、美しい朝日を眺めていたのだった。

それから二人は、転移で学園に戻った。

「じゃあ、今日は学園も休みだから。もう追いかけないでおくよ。疲れているだろうから、しっかり休んで」

「うん……ありがとう。ロヴィもよく休んでね」

フィオナは不意に思った。

毎日必死に逃げているはずなのに、なんだか心の距離が、どんどん近づいている気がする。今回の外泊ではクロヴィスの色々な側面を見て、より一層好きになってしまった気さえするのだ。

――このままだと、何だかとっても、良くない気がするわ……。

フィオナは危機感を覚えていた。

しかしそこで、彼女を現実に引き戻す、あの可愛らしい声が聞こえてきた。

「あっ！　見つけました、クロヴィス様！　フィオナ様も、こんにちは」

声の主はヴィオラだった。彼女は少し頰を膨らませ、クロヴィスに向かって言った。

「もう。昨日は、一体どこへ行ってらっしゃったんですか？　いくら捜してもどこにも居なくて、とても心配したんですよ！」

ヴィオラは相変わらず、熱心にクロヴィスを捜してはアタックしているのだ。今日も華やかで可愛らしい彼女に気後れして、フィオナは黙り込んでしまった。

「別に、君には関係ないだろ」

「関係あります！　私は、心からクロヴィス様をお慕いしているんですから！」

「…………はあ。君は本当に、懲りないね……」

　クロヴィスはヴィオラを遠ざけたいようだが、あまりにも真っ直ぐに向かってくる彼女に、少々たじろいでいる様子だ。彼が絆されるのも、何だか時間の問題な気がする。実際二人は、以前より随分と打ち解けているように見えた。その様子を目の当たりにしたフィオナがあっという間に気落ちして俯いていると、ヴィオラが心配そうな声を出した。

「フィオナ様、もしかして具合が悪いんですか？　何だか、とても疲労の色が濃く見えます。いま、回復の魔法をかけますね」

　ヴィオラは優しくフィオナの手を取り、ヒロインだけが持つ強力な癒しの力をすぐに使ってくれた。あっという間に体が軽くなった気がする。

「どうですか？」

「ありがとう。とても、楽になったわ」

「良かったです！」

　にっこりと笑うヴィオラは慈愛に満ちていて、とても綺麗だった。彼女はとても優しいと、学園内でも有名だ。平民から貴族になった今も、色々な治癒院や養護院を回っては癒しの力を使っているらしい。

　――いっそのこと、思い切り嫌な子なら良かったのに。中身まで完璧だなんて……狡い。

フィオナは嫉妬心を抑えられない自分に自己嫌悪を感じながら、か細い声でクロヴィスに別れを告げた。

「……じゃあね、ロヴィ。ヴィオラ様も」

「あっ、フィー、待って……！」

クロヴィスに呼び止められたが、無視をする。フィオナは思い切り顔を背け、パタパタと小さく足音を立てて、そこから立ち去った。

——私ったら、何を勘違いしていたんだろう。二人の仲を、私は絶対邪魔しちゃいけないのに……！　しっかりしなくちゃ。一刻も早くクロヴィスから逃げ切って、全部終わらせなきゃいけないのよ……！

心中はとても苦しいが、それこそがフィオナのすべきことなのだ。今日は学園が休みなので、努力するには良い機会である。


フィオナはまず湯浴みをして、気分を少しすっきりさせた。脳裏に今日のクロヴィスとヴィオラの姿が何度も蘇るが、何とか切り替えた。

そうして着替えた後、フィオナはうんうんと唸りながら学園の図書館に足を運んだ。ここはとても規模が大きく、国内中の様々な情報が集積する場所である。クロヴィスから逃げるためのヒントが、何かないかと思ったのだ。

しかしそこでフィオナは、突如知らない人物に話しかけられた。

「毎日毎日追いかけられて、大変そうですね。学園中が、貴女たちのことを噂していますよ？」

フィオナはびっくりして顔を上げ、さらに驚愕した。

話しかけてきた声の主は、何と、原作ゲームの攻略対象の一人だったからだ。

彼はその名を、ユーグ・パスカルという。無口クールキャラ枠で、短い黒髪に、暗めの青い瞳をしている。ゲームの立ち絵と全く同じ姿なので、フィオナは彼が誰なのかすぐに分かった。

しかし、フィオナと彼が直接話すのは、今日が初めてのはずだ。それなのに、公爵令嬢であるフィオナに突然話しかけ、その上随分と馴れ馴れしい感じで、印象はとても悪い。

フィオナは警戒心を露わにしながら、一応返事をした。

「そ……そうですか」

「失礼。突然、声を掛けたりして申し訳ありません。僕はユーグ。ユーグ・パスカルと申します」

「どうも……。私は、フィオナ・アングラードですわ」

ユーグは一歩、距離を詰めて来た。

一体、何だというのだろう。フィオナはさりげなく退路を確認しながら、一歩後ずさった。それを見たユーグが何故か、小さく笑う。彼は皮肉げな表情を作った後、こんなことを言ってきた。

「魔人もどきに毎日追いかけられて、貴女もとても迷惑しているのでは？　僕で宜しければ、逃げるためのお力になりますよ？」

この言葉に、フィオナは一気に怒りが湧いた。

——魔人もどき、ですって？　こんな人に、クロヴィスの何が分かるって言うの……!?

激しい怒りを込めて言い返す。

「ロヴィは、魔人もどきなんかじゃありません……！　立派な人間です！」

「……そうですか。僕と貴女は、考え方がまるで相容れないようだ。残念です……」

ユーグは、まるでつまらないものでも見るかのような顔をして、去っていった。

——何て、失礼な人なのかしら……！

フィオナはムカムカしながらも、前世の記憶を辿った。

ユーグ・パスカルは、魔人に父親を殺されたという設定だったはずである。それゆえ魔人に対して、特に強い恨みを持つキャラクターなのだ。

クロヴィスがラスボスとして立ちはだかるゲームシナリオの中では、復讐心を原動力に、魔人を次々と討伐していく頼もしいキャラクターという立ち位置だった。しかし……今のこの世界では、どうなのだろう。

「まさか、半魔のロヴィに対してまで、良くない感情を持っているんじゃゃ……？　ロヴィを害するようなことが、なければ良いけど……。要警戒ね……」

ゲームにおいてユーグの持つ特異魔法は、《無効化》だったはず。これは一定時間、相手の魔法を全て無効化するという、非常に強力なものだ。この世界でももしそうならば、屈強な騎士のクロヴィスでも彼の相手をするのは厳しいかもしれない。

なんだか嫌な予感にかられながらも、フィオナは図書館で真面目に調べ物をした。しかし結局、あまり目ぼしい成果は得られず、その日は大人しく自分の部屋に戻ったのだった。

その夜、件のユーグは怪しげな廃墟に足を運んでいた。

彼は真っ白なローブを身に纏い、独特の赤い紋様がついた白い仮面を付けていた。

そして彼が向かった廃墟の中にも、ほぼ同じ格好をした人物たちが揃って座っていた。

全員白いローブを身に纏っているが紋様のない無地の白い仮面を顔に付けている。彼らが集う様子は、側から見れば非常に奇妙な光景だった。

「ユーグ様、お待ちしておりました」

「ああ」

仲間の一人に迎えられ、ユーグはどっかりと中心に座る。

実はこの集団は、ユーグ自身がリーダーとなって結成した、反魔人組織なのだ。

反魔人組織とは、魔人および半魔を、国から排斥する運動を行うための組織である。この組織の名を、ユーグは『アンチメティス』と名付けていた。

「アングラード公爵家の、クロヴィス。あれが騎士団でも貴族社会でも強い存在感を示し、半魔保護の気運が高まっている」

「そうですね。貴族連中も若い世代が積極的に声を上げるようになり、最近特に調子付いているようです」

「クロヴィス・アングラード……非常に、邪魔だ………」

「同感です」

「まさに、目の上のたんこぶと言えますね」

組織の面々が口々に賛同した。皆がそれぞれ、魔人に対して強い悪感情を持っている者だ。だから半魔のクロヴィスも、ここで大変嫌われているのである。

「よし……。奴を一度襲撃して、脅しをかけるぞ。大勢でかかって、武力をちらつかせれば良い。半魔保護の運動から、手を引かせるんだ」

「はい。分かりました」

ユーグは、その暗く青い瞳を澱ませながら、クロヴィスの情報が記された紙を見ていた。

　彼の机の上には半魔の人々の名前が書き連ねられた、リストがある。その中でもクロヴィスの名は、執拗に赤く塗り潰されていた。

「卑しき半魔の、クロヴィス・アングラードめ……絶対にお前の、好きなようにはさせない……！」

　明らかな憎しみが込められた言葉が放たれる。クロヴィスの身に、静かに危険が迫っていた。

# 第五章　危険なデート

「今日は、随分と早く決着がついたね？」

「ううう〜！　そもそも、終業が早かったからよ!!」

　あくる日のことである。

　フィオナはクロヴィスに、早々に捕まってしまった。今日は授業が午前中までしかなく、逃走劇の始まりが早かったのだ。

　時計を見ると、なんとまだ十五時半である。そんな早い時間に、王都のど真ん中でフィオナを捕まえたクロヴィスは、非常にうきうきとした様子で言った。

「よし。今日は、フィーと制服デートだ」

「えっ!?」

　フィオナは驚いて固まる。

　制服デートだなんて。確かに、憧れの響きには違いない。でも、フィオナはクロヴィスのことを、できるだけ避けないといけないのに。

「えっ、じゃないよ。捕まえてから十九時までは、俺の好きにするって約束だろ？」

「ううっ…………そうでした…………」

あの時クロヴィスの提示した条件を鵜呑みにしてしまったことが、今更ながらに悔やまれる。もっとしっかりと、深く考えるべきだった。フィオナはいつもそうなのだ。あまりよく考えずにことを進め、後悔することがとても多い。

フィオナがぐぬぬと唸っていると、クロヴィスの大きな手に、自分の手を優しく摑まれた。

「フィーと、行ってみたいお店があるんだ。付き合ってくれない？」

「…………分かったわ」

フィオナはしぶしぶ頷いた。約束は、約束である。彼女は変なところで義理堅かった。

それに、本心では……フィオナだって、クロヴィスと制服デートなるものをしてみたかったのだ。

クロヴィスがフィオナを連れてきたのは、学園生にもデートスポットとして人気になっている、話題のカフェだった。来るのは初めてなので、フィオナは純粋にはしゃいでしまう。

「店内が真っ白で統一されているの、すごくお洒落ね！　それに対してソファーは、すっごく綺麗な青だし……置かれてる観葉植物は、南国っぽい。海のイメージなのかしら？

何だかリラックスして、ゆっくりできそう！」

「さすが、人気なだけあるね。周りもカップルだらけだ」

そう言われて周囲を見てみると、そのほとんどが女性同士の客か、仲の良さそうなカップルだった。

——もしかして、私たちも、カップルに見えるのかな……。

そう思ってしまい、フィオナは一人で赤くなった。

対するクロヴィスは特にキョロキョロすることもなく、堂々とした様子だ。すっとメニュー表を渡してきながら、フィオナに言った。

「ここのパフェが美味しいって聞いたけど、男だけでは来にくくてね。今日は、フィーと一緒に来られて嬉しいよ」

「ロヴィ、甘いものが大好きだもんね……」

フィオナはふふっと笑った。クロヴィスは小さな頃から、甘いものに目がないのだ。

メニューを開くと、彩り豊かで美味しそうなパフェの絵がずらりと並んでいた。この世界は前世における中世ヨーロッパに近い。しかしながら、元が乙女ゲームの世界であるためか、デザートを始めとする食事の種類は大変充実しているのだ。ゲーム内で攻略キャラとデートをすると、美味しそうなデザートを食べるイベントなどがよく発生し、お腹が鳴ったのを覚えている。

フィオナはあっという間に様々なことを忘れ、メニュー選びに夢中になってしまった。

「こ、この苺パフェ、苺が零れ落ちそうなくらいだわ……！　これは、絶対外せないやつよ……！　でも、バナナのパフェも捨てがたいわね……。王道だし、絶対に美味しいもの！」

「俺は、この季節限定メニュー、桃のパフェが気になる。中に桃のムースが入ってるんだって。なかなか美味しそうじゃない？」

「ええ～……そんな。迷うわ……！」

フィオナが泣き出しそうなほど真剣に選んでいるのを見て、クロヴィスはからからと笑った。

「大丈夫。フィー。俺は沢山食べられるから、三個くらい頼んで、シェアしようよ」

「良いの⁉　じゃあこの苺のと、バナナのと、桃のやつにしましょう！」

フィオナが無邪気に笑って見せると、クロヴィスの目元は少し赤らんだ。それをごまかすように、彼は一度咳払いをしてから店員を呼び、サッと注文を済ませてくれた。

最近あったくだらないことなどの雑談をしながら、パフェの到着を待つ。マクシミリアンが授業中に寝こけて反省文を十枚書かされた話などを、クロヴィスは面白おかしく話した。こうしていると、何だかすっかり以前に戻ったみたいに錯覚してしまう。そうこうしているうちに、パフェが揃って到着した。

「わあ～！　美味しそう……！　本物も、絵の通りに豪華ね！」

「うん。頼んでみて、本物を見るとちょっとがっかり、みたいなこともよくあるけど……ここのは、すごく見本に忠実だね」

早速苺パフェにスプーンをつける。甘酸っぱい苺とベリーソース、そしてバニラアイスのハーモニーが、フィオナの舌を楽しませた。頬がとろけるような美味しさだ。

「わあ、美味しい～！」

「ほら、フィー。こっちもどうぞ？」

クロヴィスが桃のパフェをスプーンにすくって、ひょいと差し出してきた。

――こ、これって……所謂「あーん」だわ…………‼

フィオナが止まっていると、クロヴィスがさらにスプーンを近づけてきた。

「ほら、早く食べないと、アイスが溶けちゃうよ？」

「うん…………」

夢見心地でスプーンに口を付ける。

クロヴィスはその様子を、ラピスラズリの目を細めて、心底愛おしそうに見詰めていた。

なんだか、甘い。パフェもだが、空気もやたらと甘いのだ。フィオナは自分の頬が、カアッと熱を持つのを感じた。

「美味しいでしょ？」

「ん…………良く、分かんなかった…………」

「じゃあ、もう一口。ムースのところもどうぞ？」

「そ、それなら私も…………。こっちも、食べたいでしょ？」

「うん、ありがとう」

そうしてフィオナは結局、クロヴィスに食べさせられ続けた。そしてフィオナも負けじと、クロヴィスに食べさせてあげる羽目になったのだ。

はたから見れば、完全にバカップルである。裏に深刻な事情を抱えている義姉弟の二人には、とても見えなかったことだろう。


「こ、こんな調子で、本当に良いのかなぁ…………？」

お手洗いに来て手を洗いながら肩を落とし、フィオナは大変な自己嫌悪で落ち込んだ。

正直に言えば、ものすごく楽しい。何たって、大好きなクロヴィスとの制服デートだ。

思い切りエンジョイしてしまっている自覚がある。

しょんぼりして席に戻ると、クロヴィスはなんと既に、二人分の会計を済ませた後だった。何もかもがスマートすぎる。

「わ、私も払うのに……！」

「いいの。俺の好きにさせてもらうって、言っただろ？」

「そんな……」

「その代わり、十九時になるまで、もう少しデートに付き合って？」

ふわりと柔らかく微笑まれて、フィオナは頷くことしかできなかった。

二人はそれから、雑貨店などを見て回った。

クロヴィスが、学園で使う筆記用具などを買い足したいと言ったからである。フィオナはそういう店を眺めるのが好きなので、快く了承した。

「あ、これ………」

フィオナが目を留めたのは、ラピスラズリの石が付いた上品なネックレスだった。金色の煌めきは入っていないものの、まるでクロヴィスの瞳の色みたいで、とても綺麗だ。

じっと見つめていると、クロヴィスが横からそれをひょいと取って、フィオナの首元に当ててきた。

「うん。よく似合うね」

「そ、そうかな……？」

「気になるんでしょ？　買ってあげる」

クロヴィスはそれを持って、ひらりとレジに行ってしまった。そのまま自分の物と一緒に、またしても会計をサッと済ませてしまう。フィオナは慌てて言い募った。

「か、買ってくれなくても良いのに……！」

「俺が買ってあげたいから、良いの。休める場所に行こう。そこで付けてあげる」

「あ、ありがとう……」

「どういたしまして？」

クロヴィスはとても上機嫌だ。フィオナはぎゅっと胸を押さえた。

クロヴィスから、彼の瞳の色をしたアクセサリーを贈ってもらうなんて、なんだかとても照れ臭くて、嬉しくて。フィオナの胸はトクトクと音を立てたのだった。


そのまま、クロヴィスと近くの公園に来た。噴水のある広場でベンチに座る。

広場の中央で楽団が演奏していて、若い人々が楽しそうに踊っているのが見えた。そんな光景を二人で少し眺めた後、クロヴィスが言った。

「ネックレス、付けるよ。触るね？」

「う、うん……」

後ろを向くと、クロヴィスの長い指がフィオナの首筋にそっと触れた。思わずビクッと体を跳ねさせてしまう。

今、多分耳まで真っ赤になっているという自覚がある。

しかし、クロヴィスは至って真剣な様子だ。黙ったまま、フィオナの髪を横に流し始めた。

——こ、これ、ものすごく心臓に悪いわ……！

フィオナはまずいと思ったが、今更断るのも不自然だ。だってもしそうしたら、貴方のことを意識していますと、自分から言っているようなものではないか。

「付けるね？」

「う、うん………っ！」

大人しく、クロヴィスの手が自分の前に回されるのを見つめる。心臓がドキドキして煩かった。

クロヴィスの指は繊細に動いて、ネックレスの金具を留めたようだ。とてもくすぐったくて、思わず変な声が出そうになるのを、フィオナはなんとか我慢した。

「できたよ。ああ……やっぱり、よく似合う」

「本当……？　あの、ありがとう………」

「良いんだ。俺もすごく、嬉しいから」

目を細めて甘く微笑まれ、フィオナのキャパは完全にオーバーした。クロヴィスの方を直視できず、俯いてもじもじしてしまう。

しかし、その日のクロヴィスの攻勢は、それだけでは終わらなかった。

「あの中央で踊ってる人たち、すごく楽しそうだね」

「う、うん。そうね。子どもたちも一緒になって、踊ってる……。自由参加なのかな？」

「よし。俺たちも踊ろう！」

「えっ！　ちょっ……!!」

ぐいっと勢い良く、手を引っ張られる。

広場の中央めがけて走り出す、クロヴィスの背中。それはまるで小さな頃、無邪気に追いかけっこをしていたときの姿みたいだった。だからフィオナも、思わずくすくすと笑ってしまった。

「ふふっ……もう、ロヴィったら！」

「だって。さっきから、すごく楽しそうだなって！　羨ましかったんだ！」

クロヴィスが無邪気に笑っている。

フィオナも笑いながら手を繋いで広場に躍り出て、音に合わせ、破茶滅茶なダンスを踊った。

降り注ぐ太陽の下、陽気な音楽がメロディアスに流れていく。クロヴィスの金の髪がキラキラと光り輝いている。フィオナは体が自然に飛び跳ねるような、そんな気分だった。心が勝手に浮き立ってしまうのだ。

びっくりするような美男美女が、突然乱入したことに驚いたのだろう。見物の人々は一気にワッと盛り上がった。それに釣られて、楽団の演奏にもどんどん熱が入っていく。

二人は両手を繋いで大声で笑いながら、くるくると回った。

「すごく楽しい！」

「私もっ！」

すっかりはしゃぎながら、しばらく踊った。見物客がどんどん増えていくのもお構いなしだ。

まるで、二人で子どもの頃に戻ったみたいな、夢のような時間だった。


フィオナとクロヴィスはすっかり踊り疲れ、広場から離れた。

喉が渇いてしまったと思ったところ、クロヴィスが提案してきた。

「露店で、飲み物を買おう」

「あ、私、あそこのレモネードが良いな」

「うん。俺もあそこのアイスカフェオレが飲みたい」

「今度は私が払うわ。奢ってもらってばかりだと、気が引けるもの」

「……分かった。ご馳走になるね？　ありがとう」

「どういたしまして」

二人で飲み物を買ってベンチに戻った。渇いた喉に冷たくて甘いものがスッと通り、心地よかった。

「あー、楽しかった」

「私も！　なんか……見物客、ものすごい増えてたね？」

「ちょっと、目立ちすぎたかな」

口々に感想を言い合う。そのまま楽しく話しながら、まったりと過ごした。

しかし、そこに至って初めて、フィオナははたと気がついた。

──まずい。私ったら普通に、思いっ切り楽しんでたわ…………！

「私ちょっと！　お手洗いっ！」

またしても逃げる口実を作ってしまう。フィオナは勢いよく立ち上がった。

「それなら、向こうの建物にあるみたいだよ」

「うん！　行ってくる！」

フィオナは一目散に、お手洗いへと駆け込んだ。本日二度目のことである。

「よ、良くない。これは、絶対に良くないわ…………！」

特に用もないお手洗いで、がっくりと肩を落とし、フィオナは溜息をついた。

備え付けの鏡で、自分を見てみる。先ほどつけてもらったラピスラズリのネックレスが目に留まった。

確かに、なかなか似合っている気がする。それに、クロヴィスの色を身に纏っていると思うと、どうしてもニヤニヤが止まらない。

——ああ、まただ！　私、また楽しんじゃってる…………！

自己嫌悪がいよいよ止まらない。ネックレスをプレゼントされた上、思い切り笑って楽しみながら踊ってしまったのだ。クロヴィスのために逃げなければいけない立場としては、大反省するしかない結果である。

「気合、入れて行かなくちゃ……どうにか耐えるのよ！　フィオナ……！」

もう既に色々と耐えられていない気がするのだが、それでもフィオナは気合を入れ直した。


「ロヴィ、お待た、せ…………？」

木の陰で待っているクロヴィスに声を掛けようとして……そこでフィオナは、彼が数人の集団に絡まれていることに気がついた。思わず木陰に、サッと身を潜める。相手は特に柄が悪いという感じではないが、全員帯剣して直立の姿勢を取っており、異様な雰囲気の集団だった。

そのうちの一人が進み出て、クロヴィスに言った。

「クロヴィス・アングラード様。我々は反魔人組織の、アンチメティスと申します。貴方様のご活躍は、様々なところで伺っております」

——反魔人組織……。

そういう団体が未だに幾つもあり、活動しているのは知っている。かつて幼いフィオナとクロヴィスを拉致した誘拐犯も、反魔人組織の一員だったはずだ。

魔人や半魔を国から排斥しようと動く……そんな組織がクロヴィスに対して、良い感情を持っているとは到底思えない。フィオナはいつでも助けに入れるように、様子を窺っていた。

すると、クロヴィスが冷たい声で返すのが聞こえた。

「反魔人組織、アンチメティスねえ……。そんな人たちが、俺に一体何の用？」

「クロヴィス・アングラード様。此度は貴方様に、半魔の保護から手を引いて欲しいと、お願いに参りました。もしも断ったら、どうなるか……賢い貴方様なら、お分かりになりますよね？」

クロヴィスを囲む何人かが剣の柄に手をかけ、武力をちらつかせた。力ずくで従わせる気なのだ。

しかし、クロヴィスははっきりと力強く言い放った。

「断る」

「……残念です」

フィオナは駆けつけようと少し動いた。組織の人員たちが剣を抜き、一斉にクロヴィスに襲い掛かる。

しかしクロヴィスは、魔法で円を描くように激しい炎の渦を出し、彼らをあっという間に抑え込んだ。

「うわぁあああっ！」

「これは正当防衛だ。俺に近づくなら、本当に燃やしてやる！」

クロヴィスの魔法の威力に、相手の集団は驚いたようだ。

しかしその時、草陰に隠れていた一人がクロヴィスに向かって剣を持ち、切り付けようとしているのが目に入った。

「ロヴィ！　後ろっ！」

「フィー!?」

フィオナはクロヴィスを庇おうと、咄嗟に間に入った。だがクロヴィスは転移を使い、更にフィオナの前に立って、剣で何とか刃を受け止めた。

まさにその時である。相手の剣先が少しだけ当たり、クロヴィスの服をビリッと引き裂いてしまった。

そうして破れた服の下に露わになった、クロヴィスの胸元には……はっきりとした、薔薇形の大きな痣があった。

――何？　あの、大きな痣……!?　あんな特徴的なもの、以前のクロヴィスにはなかっ

たはず…………！

　フィオナが驚いている間に、クロヴィスは後から襲ってきた刺客も含め、まとめて炎の渦で追い払った。

「がぁあああっ！」

「フィー、今のうちに逃げるよ！」

「う、うん！」

　クロヴィスに手を引かれて、二人は素早く組織から逃げ始める。

　円形になった炎に包まれて足止めを食らっている組織の人物たちは、すぐには追いかけて来られない。

　だが、その他にも茂みから何人もの追手が出現し、二人を追いかけて来た。時々道を曲がりながら、必死に走り続ける。

「あそこに逃げ込むよ！」

「うん！」

　走った先、建物と建物の間の狭いスペースに、クロヴィスとフィオナは逃げ込んだ。

　追手の様子を窺うクロヴィスに抱きしめられ、口を塞がれてしまう。体と体が密着して、ものすごく心臓に悪い体勢だ。

　だが、至って真剣なクロヴィスに苦情など言えそうもない。組織の人間は、すぐ側を見回ってうろついていた。少しでも動いたら、居場所がバレてしまいそうだ。あの人数を相手取るのは、いくらクロヴィスでも分が悪い。

――で、でも。クロヴィスの体と、私の体、ぴったりくっ付いてる……！　それにっ！　足と足も絡まって、何か、これ…………！

フィオナがぎゅっと目を瞑って、激しい羞恥に耐えているうちに、やっと組織の人員がそこから去っていった。クロヴィスが様子を慎重に窺い、ぽつりと呟く。

「やっと、行ったか………。随分としつこかったな………」

「も、もう、大丈夫そう……？」

「ああ。フィー。迷惑かけて、ご、めん…………………………っ!?」

敵を撒き終わったクロヴィスも、この体勢の際どさにやっと気がついたようだった。彼の顔も、珍しくかっと赤くなる。

クロヴィスは慌てて建物の陰から抜け出すと、フィオナからずざざっと大きく距離を取った。

「ご、ごめん！　フィー……！　違う、違うんだ！　本当に！　わざとじゃ、なかったんだ……！」

「う。わ、分かってるわ！　大丈夫よ…………っ！」

そう言いながらも、フィオナは先ほどの密着加減を思い出して、首まで真っ赤になってしまっていた。恥ずかしくて、クロヴィスの顔をまともに見られない。どうしても顔を伏せてしまう。

「ごめん。俺も、あんなのに突然絡まれるとは思わなくて…………うっ…………！」

そう言った途端、クロヴィスの体がぐらっと傾くのが視界の端に見えた。

驚いたフィオナは慌てて駆け寄って、彼を支えた。

「どうしたの、ロヴィ⁉」

「……ちょっと、強力な魔法を使いすぎたみたいだ。最近、魔法を使いすぎると、すぐこうなるんだ…………」

クロヴィスの顔色は、もはや真っ白だった。

フィオナはあっという間に、心配な気持ちでいっぱいになる。

「寮の部屋まで、送るわ。私に摑まって……！」

「ごめん……」

そうしてフィオナは具合の悪いクロヴィスを支えながら、学園の寮へと帰ったのだった。

「ロヴィ、大丈夫？　パン粥を作ったんだけど、少しは食べられそう……？」

寮の部屋に到着した後も、フィオナはクロヴィスの看病をしていた。

十九時をとっくに過ぎているが、そんなことを言っている場合ではない。それほどまでに、クロヴィスは具合が悪そうだったのだ。

「ありがとう……。食べられるよ。わざわざ、作ってくれたの？　嬉しいな………」

クロヴィスの顔色は、とても蒼白だった。

それを見たフィオナは不意に、ゲームのキャラクターとしてのクロヴィスを思い出した。

彼は基本的に色白で、ずっと顔色が悪いというキャラクターだったのだ。

シナリオにある通り、膨大すぎる魔力に、体がかなり蝕まれて来ているのかもしれない。

今までフィオナを追いかけてくる時、いつでもクロヴィスは余裕そうな表情を浮かべていたので、そのことを失念しかけていた。

原作のシナリオは間違いなく、進行している。フィオナを追いかけているこの時間が、クロヴィスの身体にどんどん負担を掛けているのだ。それを思い、フィオナは胸がぎゅうっと苦しくなった。

パン粥をスプーンで掬う。少しでも食べてもらわなければならないだろう。

「ほら、口開けて？」

「パン粥か。昔を、思い出すな…………ほら、俺が具合悪くなると、いつも作ってくれたよね………」

「うん………」

フィオナも昔を思い出して、切なくなった。

何も悩まず無邪気に、クロヴィスの一番近くにいた頃の記憶。懐かしくて、少し悲しい。

ゆっくりとパン粥を食べると、クロヴィスは白い顔のまま、ぐったりとしてしまった。

「…………っ。フィーは、もう自分の部屋に戻って良いよ……。俺は、こうしていれば大丈夫、だから…………」

とても不安そうな顔でクロヴィスが言う。よく見れば、その体は小さく震えていた。とてもじゃないが、放っておけそうにない。

「私のことは良いのよ。うまく、眠れそう？」

「いや……こうなると、寒くて。すごく、苦しいんだ…………」

フィオナの頭には、昔の映像がフラッシュバックした。寒さに凍えてうなされていた、小さなクロヴィスの記憶だ。

本当は抱き締めて眠ってあげられれば、一番良いのだが。それは今の二人に許される距離感ではない。代わりにフィオナは、とあることを思いついた。

「そうだ。本！　昔みたいに、何か本を読んであげようか？」

フィオナがそう提案すると、クロヴィスは少し呆然とした後、小さく笑顔になって言った。

「懐かしいな。すごく嬉しい…………。実は、良く読んでもらってた絵本…………持って来てる」

「そこの棚の………一番、右下」

「えっと………うわぁ、本当だ。懐かしい……！　ドラゴンの話ね？」

綺麗な挿絵の本は、小さなクロヴィスが一等気に入っていたものだ。フィオナはその目を細めて、表紙の絵を優しくなぞった。

「………辛くなった、時とか………いつも、読み返してるんだ………」

「そう………」

辛くなった時……例えばフィオナがクロヴィスを振った時や、避け続けた時なんかだろうか。

クロヴィスはこの本をずっと大切にしながら、小さな頃の思い出を辿っていたんだろうか……。

それを想像するだけで、フィオナの心はずきずきと激しく痛んだ。

「久しぶりに、読んであげるね」

「嬉しいな………」

フィオナはクロヴィスの枕元に座った。

そして昔みたいな調子で、優しく絵本を読み聞かせ始めた。

「あるところに、寂しがりやのドラゴンがいました。ドラゴンは人々を脅かし、悪戯ばかりしていました………」

そうしてフィオナがしばらく読み聞かせをしていると、クロヴィスは静かになった。見れば、その瞼(まぶた)は自然に閉じて、彼は眠りに落ちたようだ。

そこでフィオナが動こうとすると、弱い力でくんと引っ張られた。彼女の服の裾(すそ)をしっかりと握(にぎ)ったまま、クロヴィスは眠っていたのだ。多分、無意識なのだろう。

「もう………心配しなくても、今日は遠くへ行ったりしないのに………」

フィオナは切ない気持ちになり、クロヴィスの手を握った。

昔よりずっと大きく、逞(たくま)しくなった手。

それでも、クロヴィスの本質の部分は変わっていないのだ。今日という日を通して、それがよく分かった。

——本当は、すごく寂しがりやだもんね……。

たとえ逞しく成長しても、クロヴィスの根っこの部分は変わらない。だからこそ、フィオナが彼を愛(いと)おしく想(おも)う気持ちもまた、どうしても変えられないのだ。

手をぎゅっと握りながら、トントンとあやし続ける。どうか彼が、悪夢にうなされることがありませんようにと思った。

しかしそこでフィオナは、ふと気になることを思い出した。あの襲撃(しゅうげき)を受けた時、目撃した痣(あざ)のことである。あまりにも特徴的(とくちょう)な薔薇(ばら)の形をしていたので、はっきりと目に焼き付いていたのだ。

　フィオナは掛け布団を少しずらして、破れた服を慎重に除け、クロヴィスの胸元を覗き見た。

「この痣、一体何なんだろう……？　こんな変わったものがただの痣とは、とても思えないけど……」

　何といっても、ここはゲームが元になっている世界だ。こんな象徴的なもの、何か深い意味があるもののような気がしてならない。

　もしかすると、クロヴィスのこの体調不良にも関係しているのかもしれないと思った。

　そこで、フィオナはすぐに決意した。

「この痣のこと、調べてみよう。何か、重要なことが分かるかも……。ロヴィを助ける手掛かりが、見つかるかもしれない……！」

　そしてその日は結局、クロヴィスの手を握り締めたまま……フィオナはクロヴィスに覆い被さるようにして、寝落ちしてしまったのだった。

「何？　クロヴィスの胸に……薔薇形の痣が、あっただと？」

一方、反魔人組織のアジトでは、ユーグが驚きの声を上げていた。

「はい……。それだけは、どうにか確認できたのですが……」

「奴の魔法があまりにも強力で、我々が多数でかかっても全く歯が立たず………申し訳ありません」

「追跡しましたが、途中で見失ってしまいました……」

組織の構成員たちは肩を落とし、口々に報告した。

「良い。重要な情報が分かっただけでも、重畳だ」

ユーグは端的に答えた。構成員の一人が疑問符を飛ばす。

「重要な情報……と、いうと?」

ユーグはアジトにある膨大な蔵書のうち、古びた装丁の一冊を手に取り、とあるページを指して言った。

「これは、我が侯爵家の書庫に隠されていた本だ。この本によると、魔人の中には呪いを持って生まれる者がいるのだという。呪いの証は、薔薇形の痣だそうだ……」

「……！　クロヴィスの胸に、あったものですね」

「そうだ。その呪いを持つ者は、身に余るほどの膨大な魔力を有するのだという。そして自身の魔力に蝕まれ、いずれ自我を失うらしい」

「自我を……？」

「さらに……この呪いは、魔王になる素質を持つ者の証でもあるそうだ。ここにははっきりと書いてある」

「魔王、ですって…………!?」

組織の構成員たちはどよめいた。

魔王。伝説でしか聞いたことのない存在だ。

しかし、魔王は人類全体の生存を脅かすほどの力を秘めた存在であると、古の時代から言い伝えられている。

「計画は変更だ。我々人類の未来のため、クロヴィス・アングラードは絶対に殺害しなければならない標的と認識する。今後はもう、どんな手を使っても良い……我々の手で、必ず奴を葬るぞ」

「はっ。分かりました」

構成員たちは跪き、全員が声を揃えた。

しかしそこで、ユーグは腕組みをした。

「ただし、奴は戦闘能力が異様に高い……これは、作戦を練る必要があるな」

「はい……真正面から挑むのは、難しいかと思います」

「いや……待てよ。良い案を思いついた」

ユーグはその冷酷な無表情を歪めた。それはとても、邪悪な表情だった。

「クロヴィスの、弱点をつくぞ。標的は…………クロヴィスの義姉、フィオナ・アングラードだ」

その頃、クロヴィスの横ですやすやと眠っていたフィオナは……まさか自分が狙われることになるとは、露ほども知らなかったのだった。

# 第六章　迫りくる危機

「うーん……全然、見つからないわ」

フィオナはあれから昼休みを使って、学園の図書館に通っていた。クロヴィスの胸にあった薔薇形の痣について調べるためだ。

しかし幾ら懸命に探しても、関係しそうな資料は全く見つからなかった。そもそも、魔人に関する情報自体が禁忌扱いされているようなのだ。広大な図書館のどこを調べても、魔人関連の情報はほとんど見当たらないという有様だった。

「でも、国内に一切資料がない……ということは、絶対にないはず。やっぱり王宮の書庫なんかに、厳重に保管されているのかしら……？」

あれからも放課後の逃亡劇では、クロヴィスに惨敗し続けている。彼に勝てる見込みはほとんどないと、フィオナはもう確信していた。

しかしクロヴィスには既に、魔力増大による体調不良が出てきているのだ。悠長に構えている場合ではない。彼を助けることに少しでも繋がりそうな情報は、すぐにでも見つけ出したい。フィオナは藁にも縋る思いでいた。

「王宮といえば……伝手は、あの人しかいないわね」

　フィオナは仕方なく、とある人物を頼ることにした。


「麗しのフィオナ嬢。俺に話とは、一体何かな？」

　フィオナが頼ったのは、第二王子アレックスだった。

　クロヴィスからの逃亡が終わった後に、こっそり男子寮を訪ねたのである。普通はアポ無しで王族に会いにいくなど大変な無礼に当たるのだが、アレックスは快く歓迎してくれた。彼は女性全般にとても優しいのだ。

　メイドに上等なお茶を出されたフィオナは、それを頂きながら、アレックスに事情を説明していった。

　まず、魔力過多による体調不良がクロヴィスに起きていること。

　クロヴィスといる時に、反魔人組織を名乗る者たちに襲撃されたこと。

　その際に見た薔薇形の痣がどうしても気になり、詳しく調べたいということなどを順に話していく。

　アレックスは終始黙って、静かに聞いてくれた。そして全てを説明し終わると、彼は腕を組んで考え込みながら言った。

「ううん。人間にそんなに変わった痣が出るという話は、聞いたことがない……。やはり君が考えている通り、魔人特有のものなんだろうね……」

「やっぱり、そうですよね」

「うん。でも、魔人に関する情報は、未だに秘匿性が高く設定されているんだ。魔人に興味を持たれること自体を、国は強く危惧しているからね……。だから関連する書籍は、全て王宮の禁書庫に収められているよ」

「王宮の、禁書庫ですか………」

フィオナはしょんぼりと肩を落とした。禁書庫となると、閲覧のハードルがかなり高そうである。

しかし、アレックスは苦笑しながら提案してくれた。

「何。フィオナ嬢には、俺という強力な伝手があるだろう？　頼っておくれ」

「アレックス殿下……！　良いんですか？　ありがとうございます！」

「もちろんさ。何らかの理由をつけて、君が禁書庫に入れるようにするよ。一日限りになるとは思うけど……三日後くらいに、どうだい？」

「是非お願いします！　助かりますわ！」

「可愛い君のお願いを叶えるのは、俺にとって至上の喜びだよ。それに……クロヴィスの不調のことは、俺自身も気になるから」

アレックスは顔を俯かせ、眉間に皺を寄せながら続けた。

「君も知っているだろう？　クロヴィスは腹違いとはいえ、俺の兄弟だ。そりゃあ最初は、魔人もどきだと俺も馬鹿にしてかかっていたけど……今はあいつの実力の高さを、俺だって……一応、認めてる」

「アレックス殿下……」

「あいつが自分の魔力に蝕まれていくなんて、冗談じゃない。それは俺も、望むところじゃないよ。大体、まだあいつとの決着は、ついていないんだ……。だから、俺にできることは協力させておくれ」

「ありがとうございます！」

フィオナはアレックスの両手を取り、ぎゅっと握って感謝をした。アレックスの頬が一気に赤くなる。

「フィオナ嬢……俺は最後まで、君の味方をするよ」

彼は赤い目を細め、真っ直ぐにフィオナを見つめていた。そこには隠しようのない、ある種の熱っぽさが含まれていた。しかし一方のフィオナはといえば、クロヴィスの不調のことで頭がいっぱいで、その様子に全く気が付いていないのだった。

約束の三日後。

フィオナは表向き、体調不良を理由にして学園を休んで、王宮の書庫に来ていた。

放課後の時間は、クロヴィスから逃亡しなければならないので使えない。今回はなるべくクロヴィスに気取られずに、密かに調べを進めようと考えたのだ。

秘匿性の高い情報を探るのには、恐らく危険も伴うだろう。クロヴィスのためにそんなことをしようとしていると知れば、彼はきっと無理にでも止めるに違いない。

書庫の受付に行くと、王宮の司書には既に話が通っており、スムーズにことが進んだ。

「フィオナ・アングラード様ですね。アレックス殿下より、既にお話は伺っております。こちらへどうぞ」

担当してくれた司書は、きっちり髪を結って眼鏡をかけている、厳しそうな女性だった。

まずフィオナは彼女に案内されて、禁書庫へ繋がる隠し扉の前にやって来た。

そこから禁書庫まで辿り着く仕組みは、大変複雑だった。まず第一に、書庫のとある本棚自体が隠し扉になっているのだ。それを押しずらして開けた先、さらに何重もの鍵を解除していく。鍵は差し込むタイプのものもあれば、ダイヤル式のもの、魔力で個人を認証するものなど様々だった。

最後の扉が開いた先は真っ暗で、随分と埃っぽい空間に繋がっていた。ここが王宮の禁書庫らしい。

「中には窓もありません。灯りは、こちらの魔導ランプを使ってください」

ランプを渡される。魔力で灯りがつくもので、火を使わないタイプのものだ。

フィオナがスイッチを押して辺りを照らすと、八畳ほどの空間の中に、本棚がびっしりと並んでいるのが見えた。真ん中に小さな作業台があり、そこにも古文書と思われる本や、紙の資料が山積みになっている。

「作業されている間は扉を閉めますので、出る際はこちらのボタンを押してください。合図がこちらに届くので、私が開けに参ります」

魔導ランプについているボタンを指し示される。これで受付に向けて遠隔に信号を飛ばせるらしい。フィオナは頷いた。

「ありがとうございます。十七時頃までには、ここを出ると思います」

「承知致しました。書物を扱う際は、こちらのグローブを嵌めてください」

「はい」

グローブを受け取って禁書庫の中に入ると、扉が閉められた。

狭い空間に一人で閉じ込められて、閉塞感が強い。何だか少し不安になった。しかし、クロヴィスのために頑張って調べなければいけないと、フィオナは奮起した。

そうして彼女は早速、該当しそうな書物を探し、調べ始めた。

「薔薇形の痣は、『呪い』の証……？　ゲームには、確か『呪い』という言葉はなかったはずだけど……」

禁書庫を調べ始めて三時間ほど経った頃、フィオナは薔薇形の痣に関する資料を見つけ出していた。それは魔人に関する情報を示した、とても古い書物だった。

「呪いというのは、もしかして隠し設定だったのかしら？　クロヴィスの詳細な設定って、プレイヤーにはあまり分からないようになっていたのよね……」

書物を詳細に読み込んで、前世の記憶と照合していく。

「ええと、ふむふむ。呪いを受けた者は、膨大すぎる魔力に体が耐えられなくなる……次第に自我を、蝕まれる……。最後には、魔王になる……。この辺の設定は、ゲームで語られていたのと同じだわ。つまり……ヒロインの特別な癒しの力がなくても、その『呪い』自体を解けば、クロヴィスは助かるということなの……？」

その書物には、呪いを解く手段に関する記載は何もなかった。続けて関連書籍を手当たり次第に探していくが、なかなか該当する記述が見当たらない。

一時間ほど探し続けたフィオナは疲れてしまい、作業台に手をついて溜息を吐いた。そしてその時にふと、何気なく本棚の端っこを見た。すると、なんだか禁書庫に相応しくないような、古びた大きな絵本があるのに気が付いた。

何となく惹かれて手に取ってみると、まるでステンドグラスのような、とても美しい絵の描かれた表紙だった。傷をつけないように気を付けながら、そっと開いてみる。

「こ、これは……！」

それはなんと、呪いを受けた魔人が主人公の物語だった。

どうやら、魔人の国家で作られた絵本のようだ。恐らくこれは、魔人の国に伝わる童話なのだろう。こちらのものと、言葉が少しだけ違うのが分かった。

魔人の国が使っている言語は、かなりこちらの言語と類似している。しかし、部分的に文法が異なるのだ。フィオナは魔人国家の文法を解説した辞書を片手に、悪戦苦闘（あくせんくとう）しながら絵本を読み解いていった。

――昔々、呪いを受けた魔人の少年がいた。

彼の胸には、呪いの証。

大きな薔薇形の痣があった。

少年は魔力が多すぎて、いつも顔色が悪かった。

皆（みな）と同じように魔法を使っても、すぐに具合が悪くなってしまう。

少年は次第に、自分が自分でなくなっていき、たいそう苦しんだ。

しかし、少年はあるとき、美しい少女と出会った。

少女は、少年にとって特別な存在だった。

彼らは『魔の番（つがい）』だったのだ。

二人は次第に惹かれ合い、心から愛し合うようになった。

そして、少年がいよいよ、自分の全てを失いそうになった時のことである。

少女は泣きながら、少年に縋り、愛を誓った。

少女が少年にそっと口付けをすると、たちまち呪いが解けてしまった。

呪いの証はすっかり消え、少年は元の優しい人格に戻ることができた。

そうして、二人はいつまでも仲良く暮らした。――


「魔の、番……？　愛を誓って、キスをすると、呪いが解ける……？」

フィオナは首を傾げた。

これはかなり核心に迫っていそうな情報だ。しかし絵本なので、いかんせん表現が抽象的である。フィオナは何度も絵本を読み返しながら、呟いた。

「クロヴィスにも、『魔の番』と呼ばれる存在がいるのかしら……？　その女性と愛を誓ってキスをすると、呪いが解けるということ……？」

だが、ここは乙女ゲームが原作の世界だ。

もしもクロヴィスに、魔の番なんて言われる存在がいるとしたら……一番該当する可能性が高そうなのは、ゲームのヒロイン、ヴィオラである。

「決定打はないけど……やっぱり、ヴィオラが魔の番である可能性が高いのかもしれないわ……」

フィオナはぽつりと言った。

やはり自分の力では、クロヴィスを救えない可能性が高そうだ。意気消沈してしまう。

それからも彼女は、学園に戻らなければならないギリギリの時間まで、痣に関する情報を探した。しかし結局、その絵本以上に有効そうな手掛かりは何も得られなかったのである。


フィオナは徒歩で、王宮からとぼとぼと学園に戻っていた。

王宮と王立学園は程近いところにあり、徒歩でも十分な距離だ。わざわざ馬車で移動などしたら目立ってしまい、クロヴィスに見つかるかもしれないと思ったので、徒歩にしたのだ。もし彼にバレてしまったら、学園の授業をサボってまでどこへ行っていたのかと、問い詰められるに違いない。

しかし、そうして学園に帰る途中のことである。

唐突に、知らない人物がフィオナの前に立ち塞がった。

「ご機嫌よう、フィオナ・アングラード様。欲しい情報は、無事に見つかりましたか？」

相手は、まるで能面のように無表情の男だった。フィオナは身の危険を感じて、咄嗟に転移で逃げようとしたが……その瞬間、後ろから首筋に、何かをひたりと当てられた。冷たくて硬質な感触。刃物だ。すぐに絶体絶命の状況を悟る。

「我々は反魔人組織、アンチメティス。無駄な抵抗は、しないことです。貴女の大切な、お命が惜しければ……」

アンチメティス——先日、クロヴィスを襲撃した者たちだ。命を掌握されている以上、ここは従うしかない。魔術で転移をする際は、どうしても大きな隙が生じるのである。

フィオナは恐怖に震えながら、目の前の人物に導かれるまま、人気のない小路に入っていった。

——隙を窺って、どうにか逃げなくちゃ……！　このままだと絶対に、何かの取引のために人質に取られるわ……！

「フィオナ・アングラード様。貴女には、我ら人類全ての未来のため……せいぜい役立ってもらいます」

男が宣言すると同時、後ろから突然、ハンカチのようなもので口を覆われた。酷く甘い香りがする。

——しまった……！

ぐわんと頭が揺れて、傾いた。

——クロヴィス……ごめんなさい……………。

あっという間に遠くなる意識の中で、フィオナはクロヴィスの顔だけを思い浮かべていた。

「学園を、休んだ……？」

「そうなのよ。何だか、体調が悪いとかで。私も詳しくは知らないの」

クロヴィスは終業のベルが鳴った後、いつも通り二年生の教室にフィオナを捜しに来た。

しかしその姿が全く見当たらず、ローズモンドに事情を聞いたところだったのだ。

「心配ですね。俺はすぐ、フィーの部屋を訪ねてみます」

「ええ、私も後で行くわ」

クロヴィスはローズモンドに頭を下げ、急ぎ足で寮へ向かった。

変に義理堅いところのあるフィオナが、クロヴィスに黙って逃走劇を放棄するなんて、非常に不自然だ。

何だかとてつもなく嫌な予感がして、酷く焦ってくる。廊下を急ぐクロヴィスの背中を、冷たい汗が伝っていった。

しかしそこで、最近のクロヴィスを一番困らせている、明るい声が響いた。

「クロヴィス様！　こんにちは。今日は、どこへ行かれるんですか？」

ヴィオラ・マティスだ。何度突き放してもクロヴィスに向かってぶつかって来る、厄介な存在である。

クロヴィスの周囲は、彼女を美人だとか何だとか騒いでいるが、そんなことはどうでも良い。クロヴィスにとっての女性というのは、フィオナかフィオナ以外かの、二種類にしか分別されないからだ。

ただし、ヴィオラは決して悪意のあることをしてくるわけではない。ただ何度も、真っ直ぐな好意を表現してくるだけである。そこが、何よりも厄介だった。本当にめげずに真正面からアプローチしてくるから、クロヴィスも強く当たれないし、いちいちやんわりと突き放すのも、何だか疲れてきたのである。だから最近、クロヴィスは彼女の扱いにほとほと困り果てていた。

「女子寮に行く。フィーの具合が、悪いみたいなんだ。お見舞いだから、君はついてくるな」

「えっ！　それは、大変ですね！　私も、お見舞いに行きます」

「要らない。君には、関係ないだろ」

「行きます。心配ですから……。それに、私の癒しの力を使えば、回復できるかもしれないわ」

ヴィオラは心底心配そうな顔をしている。こうなると彼女は断固として引かないと、クロヴィスは嫌というほど知っていた。だから溜息を一つ吐き、彼女を無視して足早に歩き出す。やはりヴィオラは後ろから付いてきて色々と話しかけてくるが、全て適当に返事をした。

とにかく、今はフィオナが心配だ。クロヴィスは急いだ。

結局後ろにヴィオラが付いて来たまま、女子寮までやって来た。女性同伴ということで、女子寮に簡単に入れたのだけはラッキーだったと言えよう。

フィオナの部屋の前に来て、扉を素早くノックする。しかし、全く返事がない。やはり妙だ。

「フィー！　居るのか？　居たら返事をして欲しい！　お願いだ！」

クロヴィスが必死に呼びかけても、返ってくるのは静寂だけだ。ヴィオラも心配そうな声を出す。

「どうしたんでしょう？　寝ているのかな……」

「これだけ大声で呼んだら、フィーなら起きて返事くらいはする。どう考えてもおかしい……！」

ドアを押し開けてみようとするが、鍵がかかっている。

しかし、そこでクロヴィスはふと、ドアの下方を見て、あるものに気がついた。ドアと床の隙間に、白いカードのようなものが挟まっていたのだ。

「えっ……それ、何ですか？」

「分からない。今確認する！」

心臓がバクバクして、クロヴィスの頭の中で激しい警告音が鳴り響いた。急いでカードを手に取って、裏返す。

すると、次のような文字と住所が並んでいた。

**『フィオナ・アングラードの身柄は、我々、反魔人組織アンチメティスが預かった。彼女を返して欲しくば、指定の場所に、今日の日没までに来ること。なお、帯剣してきた場合、および我々に抵抗の意を示した場合は、即刻フィオナ・アングラードを殺害する』**

クロヴィスの顔からは一瞬で血の気が引き、真っ青になった。フィオナを害されるかも知れないという恐怖で、手がカタカタと小さく震え出す。

「……フィー……！」

「さ、さ、殺害って……！　たっ、大変じゃないですか！　私も行きます！」

それどころでないクロヴィスは苛立ちながら、ヴィオラを突き放した。

「危険だから、君は絶対に来るな！」

大声で叫んで、返事を待たずにすぐに転移する。日没まで、もうあまり時間がなかった。

気絶していたフィオナが目を覚ますと、そこは古びた倉庫のような、広い建物の中だった。

手足が固くロープで縛られているのに気がつく。全く身動きが取れない状態で、フィオナは硬い地面に転がされていた。

「ああ、お目覚めか、お姫様」

薄気味の悪い声音で言葉を掛けられる。フィオナの周囲には、数人の男が立っていた。全員が白いローブに白い仮面を付けていて、異様としか言えない光景だ。

「貴方たち……ロヴィに、一体何をする気⁉」

フィオナは敵意を剝き出しにして叫んだ。すると男たちのうち、特に大柄な一人が進み出てきて、せせら笑いながら言った。

「全ては人類のためだ。正義は我々にある。悪く思うな」

「そんなの、おかしいわ！　クロヴィスだって、人間よ！」

「あれが人間だと？　冗談を言うな！」

大男にぬっと顔を近づけられて凄まれる。しかし、フィオナは負けじと睨み返した。

「こうやって……力のない人間を痛め付ける貴方たちの方が、魔人よりもよっぽど化け物だわ！」

「こ、この女……！　少し、痛めつけてやろうか⁉」

大男が額に青筋を浮かべ、フィオナの胸ぐらを掴んだ。しかし別の男が、鋭く待ったを掛ける。

「待て。…………早速、迎えの半魔が来たようだ」

フィオナは胸ぐらを掴まれたまま引きずり起こされ、大男に身体を押さえられた。

慌てて入り口を見ると……帯剣もせずに、クロヴィスが一人で入って来るのが見えた。

「フィー‼」

「ロヴィ、こっちに来ちゃダメよ‼」

フィオナはもはや涙を零して叫びながら、がむしゃらに暴れた。このままではクロヴィスの身が危険だ。人質のフィオナを盾にして、全く抵抗できないまま殺されてしまうかもしれない。

「お願い！　逃げて！　ロヴィ！」

「おい、暴れるなガキ！　黙れ！」

――バシン！

フィオナを押さえつけていた大きな男に、思い切り頬をぶたれた。激しい痛みで頭が揺れ、ぶたれた場所が熱を持つ。

「……っ！」

その様子をはっきりと目撃したクロヴィスは、大きく目を見開いた。

「……さない………」

クロヴィスの周りに、ごうっと勢い良く風が舞った。それを見た男たちは、口々に慌てた声を出した。

「ま、魔法を使うな！　どうなるか分かっているのか！」

「我々に抵抗したら、この女を――………」

「フィーに、暴力を振るったな!!　絶対に許さない……!!」

クロヴィスのラピスラズリの瞳はあっという間に赤く燃え、強く光った。

彼を囲む風が勢いを増し、周囲のものを全て破壊していく。

フィオナはすぐに悟った。

――魔力暴走だ………！

この光景を、フィオナはゲームで見たことがあったのだ。それはまさに、クロヴィスが魔王として覚醒するイベントのスチルであった。いまの彼は大きな怒りの感情に呑まれ、魔力が暴走した状態になっているのだ。

このままでは非常に危険だ。感情と魔力をうまく制御できなければ、あっという間にクロヴィスの自我が蝕まれて、魔王として覚醒してしまうかもしれない。

「許さない!!」

クロヴィスは怒りのままに叫んで、こちらに勢いよく駆けてきた。

「全員かかれ！」

剣を持った男たちが、一斉に襲い掛かる。

しかし全員、物凄い風でごうっと吹き飛ばされた。風の渦は火炎となり、クロヴィスの周りを覆っていく。

もはや誰も彼も、クロヴィスには近づけない。少しでも近づこうとした反魔人組織の者たちは、次々と酷く負傷した。断末魔のような叫び声を上げながら、意識を失っていく。

「ば、化け物だ…………！」

「魔王だ！　あいつを殺せ！」

「ヒッ……！　お、俺は逃げるぞ！」

反魔人組織の者たちはすっかり恐慌状態に陥ってしまい、全く統率が取れていない状態になった。ある者は気絶し、またある者は逃げ出していく。

しかし、クロヴィスの苛烈な魔法は……不思議とフィオナだけは害さなかった。そうして結局、最後にその場に残ったのは、手足を縛られたフィオナとクロヴィスだけになったのである。

「ロヴィ!!」

「……………フィー…………!!」

敵を全て薙ぎ倒し終わっても、クロヴィスの魔力暴走は収まらない。

彼はフィオナに一歩、二歩と近づいた後、その場に崩れ落ち、バッタリと倒れてしまった。

「ロヴィ!! お願い、しっかりして!!」

フィオナは這いずりながら、何とかクロヴィスの横まで辿り着いた。

彼は薄目を開けたまま、口の端から血を吐いていた。瞳はまだ真っ赤に燃えていたが、もう意識がないようだ。

――このままじゃ、クロヴィスが魔王として覚醒してしまう。何としても、今すぐに呪いを解かなければいけない……!

フィオナは考えるより先に、無我夢中で体を動かしていた。手足の自由がない中で、必死にクロヴィスに寄り添い、自分の本当の心を打ち明ける。

「ロヴィ、大好きよ……! 貴方を、愛してるの! お願い、目を覚まして……!」

フィオナはクロヴィスの顔に、自分の顔を近づけようとした。しかし………。

バチン！

大きな音が鳴り、フィオナは強く突き飛ばされたような衝撃を受けた。そのまま反対方向によろけて、どさりと倒れる。

クロヴィスの魔力で、思い切り跳ね返されたのだ。フィオナは絶望しながら、泣き叫んだ。

「ロヴィ……！　ロヴィ……！」

──やっぱり、ダメなんだ。私には、クロヴィスを助けられない。私は当然、魔の番なんかでもない。結局、私なんかじゃダメなんだ……！

大声で泣き叫びたい気持ちで、そう思った瞬間である。入り口の方から、聞き覚えのある声がした。

「クロヴィス様、中にいらっしゃいますか⁉」

そこにいたのは、紛うことなきヒロインのヴィオラだった。フィオナはがむしゃらに叫んだ。

「ここよ！　ロヴィが……ロヴィが魔力暴走を起こしてるの！　どうか助けて……！」

「診せてください！」

大慌てで駆け寄って来たヴィオラは、すっとクロヴィスに手を翳して、ヒロインだけが持つ特別な癒しの力を行使し始めた。邪魔にならないよう後ずさったフィオナは、その様子をただ呆然と見ていることしかできない。

「天翔ける快復の鳥よ、水に潜む平定の魚よ。我の声を聞き届けよ。我に力を与えたまえ……………《聖女の救済》」

ヴィオラが強力な特異魔法を発動するために、癒しの呪文を完全詠唱すると、その効果はてきめんだった。あっという間に風が止んでいく。ヒロインだけが特別な力でクロヴィスの魔力暴走を鎮められるというのは、やはりゲームの設定通りらしい。

フィオナが懸命に調べても、呪いを解こうと試みても、泣いてクロヴィスの名を呼んでも……どうにもできなかった魔力暴走が、いとも簡単に収まっていく。

フィオナはヴィオラと自分との違いを、まざまざと見せつけられたのだ。

クロヴィスが助かったことには、もちろん、心の底から安堵した。しかし、ヴィオラによって明確にクロヴィスが救われていく光景は、フィオナの心の柔い部分を大きく切り裂いた。

――やっぱり、ヒロインは、私とは全然違う……………。

――クロヴィスには、ヒロインが……ヴィオラが、必要なんだ……………。

一人で深く絶望してしまい、言葉すらも発せなくなる。フィオナは茫然自失になりながら、ただ二人を見つめていた。

そんなフィオナに駆け寄って、声を掛ける者がいた。

「大丈夫？　フィオナ嬢！」

フィオナがのろのろと顔を上げると、そこにはとても焦った顔をしたアレックスがいた。

「……アレックス、殿下……？」

「ヴィオラ嬢に助けを求められて、慌てて来たんだ。ああ……顔が腫れている。可哀そうに……。いま、縄を切るよ！」

素早く手足の縄を切られ、フィオナはやっと自由になった。しかし、動き出す気力が湧きそうにない。ただ、か細い声でお礼を言った。

「ありがとう、ございます……」

「いいんだ。さて……ヴィオラ嬢の癒しの魔法は唯一無二だけど、完全に効力を発揮しきるのには、まだまだ時間が掛かる。俺たちは、先に学園に戻ろう。君は一刻も早く、怪我の手当てをしないと」

フィオナは後ろ髪を引かれる思いで、クロヴィスの方を見た。しかし、彼にはヴィオラが寄り添って、聖なる力を行使しているのだ。どう考えても、フィオナには入り込む余地がない。

自分は邪魔者でしかないのだと、フィオナは改めてはっきりと思い知らされた。だから、力無く頷いた。

「ええ。私は、ここから去らなくちゃ……………」

「……立てるかい？　フィオナ嬢、俺に摑まって」

「…………はい」

フィオナはアレックスに支えられ、ゆっくりとその場を立ち去った。

その頬には幾筋もの涙が、零れ落ちていた。


「お顔には傷が残らないように処置致しましたので、安心してくださいませ。なるべく、安静にしていてくださいね」

学園に帰ると、アレックスがわざわざ宮廷医を呼んでくれて、魔法を使ってしっかりと治療してもらうことができた。

「ありがとう、ございます……」

フィオナは力の入らない声で、何とかお礼を言った。

心配そうなアレックスに手を引かれて、大人しく寮の自室に戻る。

今のフィオナはショックを受けすぎて、一切何の気力も湧かないような状態だった。そんなフィオナに、アレックスは思案顔で言った。

「あの場にいた反魔人組織の者は、全て捕らえさせたよ。公爵令嬢を人質に取ったんだ。

全員、十分重い罪に問える。だが、まだ他にも残党がいるようだし、リーダー格の者が捕まっていないようだ。フィオナ嬢、今後学園を出るときは、くれぐれも一人にならないように。常に護衛を付けて、身の回りには十分に気をつけた方が良いだろう」

「はい……ありがとうございます」

小さな声で答える。アレックスはフィオナの前に回り込み、彼女の白い手を取って静かに言った。

「実は……俺は前から、心配していたんだよ。クロヴィスから必死に逃げ回る、君を遠くから見ていて……」

「……そうですか」

「君たちの、詳しい事情は知らない。だけど……率直に言うよ。クロヴィスのこととなると……君は、泣いてばかりいるんじゃないのか？」

「……！」

図星を突かれて、ハッと目を見開く。その様子を確認したアレックスは、目を細めて言った。

「やっぱり、そうか。俺は、それがずっと気掛かりだったんだ……。君は、あまり本気にしていないかもしれないけど……俺は本気で、君と婚約しても良いと思ってる」

「え……」

「君はいつも辛そうな顔で、クロヴィスを見ている。それが、俺はとても苦しい。俺なら君を泣かせないのに、と……いつも、歯痒く思ってた……。このままクロヴィスが、君を苦しめ続けるなら……俺にも、考えがある」

アレックスはフィオナの手を持ち上げ、ゆっくりとキスを落とした。彼の美しい赤い瞳は、いつになく真摯な光を宿している。

「君も、クロヴィス以外の男に……例えば、俺に。少しは、目を向けてみてよ」

「…………はい」

あまりにも真剣な様子に、思わず返事をする。アレックスからは、いつもの軽薄な雰囲気が消失していた。彼は少し切なそうに微笑んで、言った。

「また今度、ゆっくり話そう。じゃあね」

フィオナは部屋に一人きりになり、ぼんやりと考えた。

——クロヴィス以外の男性に、目を向ける……。アレックス殿下は、真剣なご様子だったわ。それに、彼は私に、とても優しくしてくれるじゃない……。

そもそもフィオナは、クロヴィスから離れなければならないのだ。今こそ、他の男性に目を向けるべき時なのかもしれない。

魔力を暴走させてしまったクロヴィスの、苦しそうな顔を思い出す。どうやったって、自分には助けてあげられなかったことも。クロヴィスを助ける神々しいヴィオラの姿も、はっきりと覚えている。

どうやったってフィオナはヒロインに敵わないのだと、今日、嫌というほど思い知らされた。

「やっぱり私は、早くロヴィから、離れなきゃいけないのよ…………」

唇が震えて、瞳からぽろりと一筋の涙が零れ落ちる。

逃走を繰り返す中で見たクロヴィスの様々な表情が、次々と脳裏に蘇った。

フィオナに迫る真剣な顔。照れて少し赤くなった顔。一緒に踊った時の無邪気な顔。

共に過ごした濃密な時間を経て、フィオナの恋心は更に明確に燃え盛るようになり、彼を恋しく思う気持ちはもはや止められそうもない。

けれどそれも、もう終わりにしなければならないのだ。

今日、あまりにも大きく傷ついたフィオナの心は、はっきりとした痛みを訴えていた。

# 第七章　剣術大会

魔力暴走を起こしたクロヴィスは、あれから数日間、こんこんと眠(ねむ)り続けた。

フィオナは心配で堪(たま)らず、毎日クロヴィスのいる学園の医療(いりょう)室に通った。眠るクロヴィスの顔色は白く、まるで死んでいるようにも見えて……フィオナは不安で堪らなかったのだ。

「あ、フィオナ様。こんにちは」

「ヴィオラ様……」

医療室では、ヴィオラと鉢合(はちあ)わせることも多かった。彼女もまた、クロヴィスのもとへ足繁(あししげ)く通っていたのである。

「ごめんなさい、私は居なくなるから……」

ヴィオラと鉢合わせる度(たび)、フィオナは怯(おび)えるようにして立ち去った。彼女とクロヴィスの間に入ってはいけない、そんな強迫観念(きょうはくかんねん)に駆(か)られていたのだ。

だが、本音を言うなら、フィオナはひと時だってクロヴィスのもとから離れたくなかった。クロヴィス以外の男性に目を向ける……そのことについて、あれから何度も真剣に考えてはいる。しかし彼を好きな気持ちは、心の中で炎のように激しく燃え盛って、やはりどうしても消えてはくれないのだ。だから彼女はずっと、大きなジレンマを抱えていた。


拉致事件から数日経った日。

自室を訪れたアレックスから、クロヴィスが目を覚ましたと話があった。

フィオナはすぐに会いに行くため、部屋を駆け出そうとした。しかし、そこでアレックスに優しく手を掴まれて、すっと阻まれた。

「待って」

アレックスは先日と同じ、至極真剣な様子で言った。

「フィオナ嬢。俺は、君に大切な話があるんだ」

一度言葉を区切り、アレックスは一歩フィオナに距離を詰めてから続けた。

「君は……クロヴィスと、結ばれるべきじゃない。君自身も、もう分かっているんじゃないのか？」

「……！」

「俺も魔人について、個人的に調べたんだよ。状況証拠から見て、クロヴィスは呪いを抱えている……違うかい？」

「………違いません」

フィオナは項垂れた。禁書庫を調べる手伝いをアレックスに依頼したのは、他でもない自分だ。アレックス自身だって、気になって調べるのは当然のことだろう。彼は恐らく、今の状況を限りなく正確に把握している。

アレックスはゆっくりと言葉を続けた。

「現状クロヴィスの魔力暴走は、ヴィオラ嬢にしか鎮められない。そして、きっとこれからも、似たようなことが起こる。だからクロヴィスは、ヴィオラ嬢と結ばれる方が……全て丸く収まる。俺の推測は、外れていないだろう？」

非常に痛いところをつかれて、フィオナはぐっと固まった。

アレックスの方を、恐々と振り向く。彼のルビーのような赤い瞳は、真っ直ぐにフィオナを見つめていた。嘘偽りは通用しなそうだ。彼はさらにフィオナに近づいて、囁くように言った。

「ねえ、俺のことを利用したって、いいんだよ。先日言ったように……俺は君との婚約を、真剣に考えてる」

「……っ」

「第二王子と公爵令嬢の、政略結婚だ。王家とアングラード公爵家との結びつきが強化されるのは、政治的にも利がある。俺から婚約を申し込めば……君のお父上も、歓迎するだろう」

彼は跪き、大変美しい所作でフィオナの手の甲にキスをした。

フィオナは、全く身動きを取ることができなかった。アレックスが本気であるのが、ひしひしと伝わって来たからだ。彼が軽い気持ちで言っているのではないと、その態度からも十分に理解できた。

「婚約したら、もう他の女性に目を向けたりしない。君を幸せにすると誓うよ」

フィオナは大きく困惑しながら、ぐるぐると考え込んだ。

確かに、王子であるアレックスから婚約を申し込まれれば、父のディオンもすぐに受け入れるだろう。王家への嫁入りなど、これ以上なく喜ばしい話だ。クロヴィスから強制的に離れるためには、それが一番の近道に違いない。

でも、この婚約を一度受けてしまったら……クロヴィスと一緒になれるかもしれない未来が、完全に閉ざされることになるのだ。

フィオナは自分の呼吸が、どんどん浅く、苦しくなるのを感じた。心臓がドクドクと嫌な音を立てている。そうして答えに窮し、言い訳を探して、結局こんなことを言ってしまった。

「あの、アレックス殿下……。お気持ちは、とても嬉しいですわ。でも、貴方はご存じないのかもしれないですが……私とクロヴィスは、逃亡のルールを決めてしまっているんです。

私はもう、クロヴィスの提示した条件を、呑んでしまっている……」

「それも知っているよ。クロヴィスから聞き出したからね」

アレックスは頷いた。フィオナは弱々しい声でなんとか続ける。

「だから、その……いきなり貴方と婚約すると言っても、クロヴィスが納得しないかもしれません」

そんなフィオナに対し、アレックスはたっぷりと自信に満ちた声で答えた。

「その件については、俺に一旦任せてみてくれないか？　クロヴィスを完全に納得させる形にしてみせるよ」

「……分かり、ました」

弱りきったフィオナは、震える声で小さく返事をした。


目覚めたクロヴィスには、アレックスと二人で一緒に会いに行った。

「フィー……！」

クロヴィスはすぐに、がばりと体を起こした。しかし、まだ顔色がとても悪い。

「ロヴィ。無理に起きなくて良いわ！　まだ、具合が悪そうよ……！」

「フィー、助けに行ったのに……結局助けられなくて、本当にごめん。顔に、怪我までさせて……っ」

クロヴィスは、どうやら酷い自己嫌悪に陥っているようだ。だからフィオナは慌てて言った。

「謝らなくていいの。ロヴィが助けに来てくれて、私は本当に嬉しかったわ」

「うん…………」

「ありがとうね」

こうして二人の会話がいち段落すると、隣にいたアレックスが話を切り出した。

「クロヴィス。まだ本調子でないところに悪いが、折り入って話がある」

「……何です？」

クロヴィスは、警戒心を露わにして答えた。アレックスは意を決したように一度大きく息を吸ってから、宣言した。

「俺は、フィオナ嬢に婚約を申し込むつもりだ。公爵家を通して、正式に」

この言葉を受け、クロヴィスは一気に血相を変えた。

「何、だって……!?」

アレックスは動揺するクロヴィスの様子に構わず、厳かに告げた。

「クロヴィス。来月、学園で開催される剣術大会があるだろう。そこでの決闘を、お前に申し込む！」

「……！」

「お前に勝って俺が優勝したら、俺はフィオナ嬢と婚約する。それを止めたいならば……俺に、勝ってみせろ！」

それはアレックスがクロヴィスへ突きつけた、挑戦状だった。入学以前のあの日以来、二人の決着はまだついていなかったのだ。

クロヴィスはしばし言葉を失っていたが、やがてフィオナの方をゆっくりと見てから言った。

「フィーは……？　フィーは、本当にそれで良いのか……？　納得、しているのか……？」

フィオナは一瞬答えに窮したが、苦しみを堪えて決意の言葉を発した。

「ロヴィ……。これは、貴方の身を守るためでもあるの。私は……殿下に婚約を申し込まれたら、お話を受けるわ……」

クロヴィスはフィオナの言葉に、酷く傷ついたようだ。フィオナは激しく痛む心を抑えながら、更に追い討ちをかける言葉を続けた。

「それにね、ロヴィ。貴方からの逃亡を続けてみて、良く分かったの。貴方は私にとって、やっぱりただの義弟なんだって……。貴方のことを好きだと思っていたのは、家族としての親愛の情を、履き違えていただけ……。私はやっぱり、貴方のことを異性としては見られないわ」

フィオナはクロヴィスを完全に突き放すため、思ってもいない言葉を突きつけたのだ。

　クロヴィスの目から、すっと光が消えていく。彼はしばし言葉を失ってしまい、呆然としていた。

　だが、最後に彼は決意した様子で顔を上げた。そしてキッとアレックスの方を睨みつけ、闘志を剝き出しにして言ったのだ。

「……そういうことなら、殿下。決闘を受けます」

「！　そうか……分かった」

　アレックスが頷く。クロヴィスはなおも続けた。

「でも、貴方には絶対に負けません。フィーのことは……貴方にだけは絶対に、渡しません……！　俺が勝ったら、フィーから完全に手を引いてください」

「良いだろう」

　クロヴィスはなおも、諦めるつもりがないようだ。フィオナは心がざわつくのを、どうしても抑えられなかった。

　こうして、来る剣術大会において、クロヴィスとアレックスが決闘することが決まったのである。

「クロヴィス、滅茶苦茶に荒れてるな～」

マクシミリアンがクロヴィスへと、至極のんびりした声を掛けた。まだ起き上がるのも苦しいのに、無理に剣を振るクロヴィスは汗だくで、まるで何かに取り憑かれているかのようだ。彼は力無く剣を振り下ろしてから、言った。

「………俺にはもう、フィーの気持ちが、分からない。……やっぱり義弟としか見られないって、はっきり言われたんだ。俺は、フィーのために、自分の気持ちを抑えるべきなのか………正直、迷ってる………」

クロヴィスは顔を歪め、苦しそうに心情を吐露した。

しかしマクシミリアンは、その翡翠のような丸い目を真っ直ぐにクロヴィスに向けて、きっぱりと言った。

「何で、抑えなきゃならないんだ？」

「……え」

「誰かを好きだって思う気持ちは、自由だろ。それはさ、自分だけのものだよ。それを無理に手放す必要が、どこにある？」

「……それも、そうだな」

妙に迫力のあるマクシミリアンに気圧されて、クロヴィスはコクコクと頷いた。

「まあ、俺も似たようなもんだ」

「マックスも？　そう言えば最近、ローズモンド嬢に求婚しているよな」

「胸を張って言うことじゃないけどさ。俺はもう……五回も、はっきり振られてる！」

「!?」

マクシミリアンが堂々と、全然威張れないことを言い放ったので、クロヴィスは目を瞠った。

「俺のことは、良いお友達以上には、どうしても思えないんだって。そりゃあクロヴィスは義姉に恋をしてるんだから、少し境遇が違うのかもしれないけどさ。まあ、複数回きっぱり振られてるって点では、似たようなもんだろ？」

「あ、ああ……」

「正直さ、いくら俺だって、滅茶苦茶辛いよ。振られるたびに、もう目の前が真っ暗になるし。世界が終わったみたいに感じるんだ……」

「……うん。それは、そうだよな」

マクシミリアンはクロヴィスの隣に座った。クロヴィスも座って、空を見る。夕焼けが美しかった。

「………でもさぁ、諦められないんだよな～」

「………」

「俺、それでもローズが好きなんだ……。彼女が大切なものに向ける優しい眼差しとかさ、柔らかい仕草とか、全部。全部、好きなんだ……」

「………そうか」

自分のことでいっぱいいっぱいで、親友のマクシミリアンを気に掛けて来なかったことを、クロヴィスは後悔した。そして、彼の気持ちはクロヴィスにも痛い程良く分かった。

クロヴィスだって、初めて振られた時も、今回振られた時も、心が千切れそうなほど辛かったのだ。しかしそれでも、フィオナを好きだという気持ちはどうしたって消えなかった。放課後の逃走劇を通じ、クロヴィスは改めて、フィオナの色々な表情を垣間見た。彼女の笑った顔、悔しそうな顔、心配そうな顔……そのどれもが愛おしくて、クロヴィスの恋心はより一層激しいものに変化してしまったのだ。

「クロヴィスのそれだってさ。簡単に諦められるような、生半可な気持ちじゃ……ないだろ？」

「ああ。絶対に諦められない」

クロヴィスは力強く頷いた。少し気持ちの整理が、できてきた気がする。

「だったら、無理に抑えたりするな。最後まで、全力で足掻けよ。俺も、そうするからさ！」

「…………ああ」

クロヴィスはマクシミリアンの方を向いて、はっきりと答えた。その目にはまた光が宿り、希望が戻っていた。

「お互い頑張ろうぜ。まあ、俺の見立てではさぁ、クロヴィスの方が、全然脈あるよ。俺は、本っ当に脈なしだからな～……」

「それでも、諦めないんだろ？　……お前、やっぱりすごい奴だよ」

「格好は悪いけどな～！　はは！」

二人は顔を見合わせて、からからと笑った。クロヴィスは、この唯一無二の親友が側に居てくれて良かったと、心から感謝したのだった。

クロヴィスが毎日、剣術の特訓に励む様子を、フィオナは陰でそっと見つめていた。

彼は今日も一人で、剣の素振りをし続けている。もう一時間以上も続けているのだ。昏睡状態から目覚めて日が浅いのに、無理をしているに決まっている。本当は今すぐにでも駆け寄って、彼を止めたい。だがフィオナには、もうクロヴィスに自分から近づくことができなかった。

――すぐそばに行きたいけど、できない。私は……これを機に、絶対にクロヴィスから離れなくちゃいけない。

フィオナはクロヴィスにキスしようとして跳ね返された時のことを、何度も何度も思い返していた。悲しみがトラウマとなって、フィオナの心を蝕んでいたのだ。

――私は……当たり前だけど、ロヴィの魔の番でもなかった。それに、私にはヴィオラ様みたいな、特別な癒しの力もない……だって私は、単なる死に役のキャラクターなんだもの。だから、私じゃどうしたってロヴィを助けられないのよ……。

そんな考えに沈んでいた時である。稽古中のクロヴィスが、フィオナの姿を見つけてしまったらしい。剣を置いて、急いでこちらへ駆け寄ってきた。

「フィー！　居るんなら、教えてくれれば良いのに」

「ロヴィ……………」

「フィー、顔の怪我は大丈夫？」

クロヴィスはガーゼの付いているフィオナの頬に、そっと触れようとした。しかしフィオナは思わず、それをバシンと撥ね除けてしまった。

「あ………っ」

フィオナは青褪めた。決してわざとじゃない。クロヴィスから離れなければならないという強迫観念から逃れられず、反射的にやってしまったのだ。

「ご、ごめんなさい……っ」

「いや……急に触ろうとしてごめん」

「ううん……」

フィオナはとても気まずくなって、目を逸らし、顔を伏せた。

クロヴィスは、またしても深く傷ついた顔をしている。フィオナは自分の胸がずきずきと痛むのを感じた。

「あ、あのね……ほら、顔だから。こんなに……大袈裟に、治療してもらっているだけなのよ。私も一応、公爵令嬢だからね。でも、もうほとんど治っているのよ？　痕も、残らないって言われてるの……」

「そうか。それなら……良かった」

クロヴィスは心から安堵した様子で言った。

フィオナはそっと、心配な胸の内を明かした。

「ロヴィこそ、具合はもう大丈夫なの？　こんなに剣術の稽古をして……無理をしているんでしょう。今日はそろそろ、止めたらどう？」

「このぐらい、平気だよ」

クロヴィスは物悲しそうに目を細めながら、こう言った。

「フィーのためなら、俺はどんなことだって……平気なんだ」

「…………」

「フィー、聞いて」

クロヴィスは一歩フィオナに近づき、彼女の目を真っ直ぐに見て言った。

「もし、君がもう……諦めて、しまったのだとしても。たとえ、義弟としてしか見られないって、言われても。俺は……最後まで足掻くって、もう決めたから」

「……！」

あまりに真っ直ぐな言葉に、フィオナは何も言えなくなる。確かに、彼女はもうほとんどクロヴィスのことを諦めてしまっていた。

「俺はフィーが、心の底から好きだよ。大好きだ。たとえ振られても、この気持ちは変わらない。永遠に」

クロヴィスはくしゃりと笑って見せた。小さな頃に良く見せたような、柔らかい笑顔だった。

「だから。最後まで……どうかせめて、見守っていて」

フィオナは、自分だってクロヴィスのことがこんなに好きなのだと……思い切って叫びたいのを、何とか抑え込んだ。心が激しい悲鳴をあげている。できることなら大声で、子どものように泣きじゃくりたいくらいだ。

もう一度優しく微笑んだクロヴィスは、そのままくるりと踵を返し、背を向けた。

「絶対に、殿下には……兄上には、負けないから。……見ていて」

そう言い残し、彼は去っていった。フィオナはその背中を、いつまでもずっと眺めていた。

――クロヴィスは、まだ諦めてないいんだ。私は……このままで良いの？

――でも、私はクロヴィスを、絶対に魔王になんてしたくない。クロヴィスが意思を失って、人類に殺される未来なんて絶対に嫌だ。彼を、どうにかして助けたい。どうしたら良いのか、もう分からない……。

フィオナは俯き、唇を噛んで苦悩した。

しかし、その瞬間である。不意にフィオナは、なんだか不穏な気配を感じた。辺りをキョロキョロと見回すが、周りには誰もいない。

なんだか強い恨みを込めた、ねばついた視線のようなものを、一瞬感じた気がするのだが……。それは、すぐに消失してしまった。

「気のせいかしら……？」

フィオナは一人、ぽつりと呟いた。

フィオナの感じた気配は、気のせいなどではなかった。実は彼女より更に遠くから、澱んだ目でクロヴィスを見つめている者がいたのだ。

気配の正体は、反魔人組織のリーダーであるユーグ・パスカルだった。

彼はクロヴィスに対する異常な執着を、どんどん強めていたのである。

「奴の存在を、許してはならない……。奴はいつか必ず、人類を脅かす……！」

偏執的と言っても過言ではない様子に陥っているユーグは、もう一度彼の姿を遠目に捉えた。手のひらに爪が食い込んで血が滲むほど、強く拳を握りこむ。

「もう引き下がれない。次は、俺が直接……手を下してやる。俺の身がどうなるかなんて、人類の未来に比べれば瑣末なことだ………」

そう憎々しげな声で呟いた後、彼はその場を去っていった。

ユーグはそれから、彼の実家である侯爵家に隠されていた秘蔵書を端から当たった。そしてとある術を見つけ出し、毎日ほとんど睡眠も取らずに、その習得に励んだ。
組織のアジトの最奥。薄暗い部屋で、金のタライを前にし、材料を次々に投入しながら

ぶつぶつと呟いていく。

「ジャンピングラットの血、二さじ。ヨウメンチョウの羽、三枚。それから……一夜草の花びらを、五枚………。これで、全ての材料が揃ったはずだ……」

タライに入った紫色の液体は、見るからに禍々しい、黒い淀みを孕んでいた。完成したそれを一さじ量り取り、ユーグは一息に飲み込んだ。

「ゲホッ、ガハッ………」

「ユーグ様、大丈夫ですか⁉」

「……抑圧の鎖よ、外れよ。凶暴なる本性を、ここに顕にせよ！」

「…………っ‼」

ユーグが古の呪文を唱えると、反魔人組織の一人が真っ黒な魔法に撃ち抜かれて、倒れてしまった。魔法に撃たれた男は苦しみながら、助けを求めてもがき始めた。術を掛けた本人のユーグは、その様子を見て笑っている。

「ははは…………っはは！　はははは！　成功だ！　ついに、ついに完成した……！」

血を吐く組織員の横で、ユーグはまるで陶酔したかのような調子で話し始めた。

「禁術の完成だ！　これがあれば……あの憎きクロヴィスの魔力を、暴走させられる！」

「そ、それは……！　人間にかければ、命の危険があるものなのでは……⁉」

他の組織員が、酷く怯えた様子で尋ねる。それに対してユーグは楽しげに、歌うように返事をした。まるで舞台役者のように。

「そうだよ。だからこそ、奴に使う。それも衆目の前でだ！　そうして奴の危険性を、世に知らしめてやるんだよ！」

「な、なるほど……」

「群衆の前で、激しい魔力暴走を起こさせて……奴が秘める危険性を、十分に世に知らしめる。その上で俺が、自らの手で……奴を殺してやる!!」

　ユーグは高らかに笑った。それは、聞いたものをぞっとさせるような、不気味な笑い声だった。

　とうとう、剣術大会の日がやって来た。
　今日の勝負の結末に、自分の運命が掛かっているのだ。フィオナは緊張で、昨晩はほとんど眠れなかった。
　この大会は、外部からの来賓も沢山来るような、とても大きなイベントだ。学園の闘技場の周りには沢山の露店が並び、この国の国旗と学園の旗が交互に吊るされている。貴賤を問わず、沢山の人が見物に訪れるため、学園は人で溢れかえっていた。この大会は生徒が武勇を示し、騎士団や冒険者ギルドへ実力をアピールする場でもあるのだ。

フィオナの落ち着かない心中にもかかわらず、そこら中が楽しげで賑やかなお祭りムードを呈していた。


大会がいよいよ始まる直前となり、アレックスとクロヴィスは揃ってフィオナの元へやって来た。

「フィオナ嬢。俺は必ずや勝利して、君を手にして見せるよ」

アレックスは、いつもの軽い口調だ。そのままフィオナの手をすっと取り、手の甲に口付けた。勝利の誓いのキス、ということなのだろう。

「フィー……」

次に、切なそうな表情をしたクロヴィスが近づいてくる。先日手を撥ね除けてしまったので、彼はフィオナに触れるのを躊躇っているようだった。

フィオナはその様子を見て辛抱できなくなり、自らクロヴィスに手を差し出した。するとクロヴィスは、ほっと安心したようにその手を取って、手の甲に静かな口付けを贈ってきた。

「必ず勝つ。君を……渡さない」

それは、静謐な誓いのような言葉だった。フィオナの胸中は、やるせない気持ちでいっぱいになる。

――この期に及んで、私は……ロヴィに負けて欲しくないと、思ってる……。

相反する二つの気持ちが胸に渦巻いて、フィオナを酷く苦しめていた。

そんな中、アレックスとクロヴィスは立ち上がり、それぞれ軽く手を振った。

「愛しのフィオナ嬢、それじゃあね」

「フィー。行ってくるよ」

二人はお互いに一度強く睨み合った後、フンと顔を背けた。そうして、剣術大会の会場へと消えていったのである。


数刻後。

フィオナは学園に併設された闘技場の観客席で、ハラハラしながら勝負の行方を見守っていた。

観客席は満員で、皆喚声を上げながら勝負の行方を見守っている。

順当に勝ち上がれば、クロヴィスとアレックスは決勝で当たる予定だ。そこでフィオナの運命が決まってしまうことになる。

大会中は、魔法の使用は全面禁止だ。ルールは簡単。模擬剣を使用した、一本先取制の勝負である。つまりは一発勝負ということだ。

今はちょうど、クロヴィスの第二試合が行われているところだった。

相手の隙を見切って、クロヴィスが風のように素早く斬り込む。

「ぐあっ!!」

クロヴィスは相手の肩を強く斬りつけた。

「一本!」

審判の声が響き、あっという間に勝負がついた。ワッと大きな歓声が上がる。クロヴィスやアレックスが出る試合の応援には、女子の黄色い声援もやたらと目立っていた。

「クロヴィス、さっきから速攻で、危なげなく勝ち上がってるわね」

「うん………」

隣にいるローズモンドに話しかけられても、フィオナは心ここにあらずといった調子だ。手にしている露店の飲み物にも、全然口を付けていない。

ローズモンドは心配そうな顔で言った。

「フィー。これに懸かっているのは、貴女の運命なのよね？　そんな大切なものを……こんな決闘に委ねてしまって、本当に良かったの？」

「………」

「私は、フィーがクロヴィスから逃げている本当の理由は、知らないわ。でも、フィーの本当の気持ちは、ちゃんと分かっているつもり。だって……親友だもの」

「…………うん」

フィオナは小さく頷（うなず）いた。ローズモンドには、きっと全てお見通しなのだろう。フィオナが本心では、こんなにクロヴィスのことを恋（こい）しく思っていることも、何もかも。

「ねえ。私は、フィーの幸せも、心から願っているのよ……？」

「でも……ロヴィを助けられるのは、私じゃないから……」

フィオナは、すっかり力を失った声で答えた。ローズモンドはそんなフィオナを励（はげ）ますように、優（やさ）しく肩を撫（な）でてきた。

「貴女は頑固（がんこ）ね、フィー。あのね、さっきからとても顔色が悪いわ。全然眠れていないんでしょう……。少し、休んで来たらどう？」

「だけど、戦いをきちんと見守らないといけないわ……」

「決勝までは、まだかなり時間があるもの。大丈夫（だいじょうぶ）よ。それまでにあの二人が負けるとは、到底（とうてい）思えない。今回、マックスは空気を読んで出場辞退しているし、他の出場者と比べてもあの二人の実力は突出（とっしゅつ）している。そうでしょう？」

「それは、そうだけど……」

「何かあれば、私がすぐに知らせに行くから。ね？」

「……分かった。……少しだけ、休んで来るね」

フィオナは学園の闘技場の廊下を通り、一旦寮の自分の部屋に戻ろうとした。やはり具合が悪く、体がフラフラする。極限の緊張状態が続いて、フィオナはすっかり疲弊していた。

「少しだけ。寮の部屋で、休もう……」

しかし、自室に戻る途中、フィオナは偶然ある人物と鉢合わせてしまった。

その相手とは、ヴィオラだった。彼女は屋台の食べ物や飲み物を、腕いっぱいに沢山抱えていた。すぐに声を掛けられる。

「あ、フィオナ様！」

「…………ヴィオラ様」

正直なところ、今一番会いたくない相手だ。

フィオナは黙って、避けて行こうとした。だが、ヴィオラに呼び止められてしまう。

「待ってください！」

「……！」

「聞きました。剣術大会での……クロヴィス様とアレックス様の、決闘のこと」

「……そう」

ヴィオラはフィオナを真っ直ぐに見据え、力強く言った。

「フィオナ様。私はクロヴィス様のことを、本気でお慕いしています」

「…………っ！」

「フィオナ様はずっと煮え切らない態度で、クロヴィス様を苦しめていますよね。今回、彼から完全に手を引かれるというのなら……私がクロヴィス様のことを、必ず幸せにしてみせますから！」

それを聞いたフィオナは……自分だって気持ちの面では絶対に負けないと叫びたくなるのを、必死に堪えた。

──私は、自分の人生を犠牲にしても良いくらい……何を捧げても良いくらい、クロヴィスのことを、想っているのに……！

しかし、フィオナは口を噤んだ。ヒロインに生まれなかった自分には、何も言う資格がないと思ったのだ。

「…………」

「何も、仰らないんですね」

「……私は、ロヴィの義姉ですから。どうこう言う資格がありませんわ」

「私には、そうは見えません」

「…………っ！」

どうして、人の心を抉るようなことを言ってくるんだろう。ヴィオラの真っ直ぐさが、今のフィオナにとってはあまりにも残酷だった。

「このままで、後悔しても知りませんから！　私は……クロヴィス様に、真っ直ぐ自分の気持ちを伝え続けるだけです。それでは！」

　ヴィオラははっきりとそう宣言してから、身を翻して去って行った。

　――羨ましい。ヒロインに生まれたというだけで、あんなに迷いなくいられる……。彼女にだけ、クロヴィスと結ばれる権利があるんだ。どうして……？　どうして、私はヒロインじゃないの……？

　フィオナは、ぐっと拳を握りながら俯き、何とか寮の自室に戻った。そうしてドアを閉めた後、悔しさのあまり、しゃくり上げて泣いてしまったのだった。

　フィオナは少し休んだ後、結局すぐに会場に戻った。ヴィオラと鉢合わせてしまったせいで、何だか余計に具合が悪くなってしまった気がする。

　大方の予想通り、クロヴィスとアレックスは順当に勝ち抜いていった。もうそろそろ、二人の決勝戦が始まるところだ。

「フィー、大丈夫？」

「大丈夫。ちゃんと、見守るわ……」

　熱い勝負が連続していたため、会場は最高潮に沸いている。司会のアナウンスが大きく響いた。

「決勝進出者はこのお二人！　まずは我が国の第二王子殿下であらせられる、アレックス・バスティアン殿下です！」

名前を呼ばれたアレックスは大きな声援を受け、会場に進み出た。彼は応援に向かってにこやかに微笑み、優雅に手を振っている。

「対するは、アングラード公爵家の長男であらせられる、クロヴィス・アングラード様です！」

アレックスに負けないくらいの大声援を受けながら、クロヴィスが進み出た。

クロヴィスはフィオナがいる場所を、一度じっと見つめたように見えた。フィオナはそれだけで、ずきんと心臓が痛むのを感じた。

「両者、位置についてください。魔法の使用は一切禁止。決勝も一本先取制です」

審判のアナウンスが響く。今一度ルールが繰り返された。

会場は鋭い緊張感に包まれ、一気に静まり返る。

「始め！」

勢いのある審判の声と共に、二人が同時に踏み出した。

剣と剣が激突し、ギリギリとせめぎ合う。二人ともすごい気迫だ。ドッと会場が沸いた。

「ロヴィ……………！」

フィオナは拳を握りしめ、冷や汗をかきながら勝負を見守った。

その間にも二人は休むことなく、激しく打ち合い続ける。

クロヴィスが攻めたと思ったらアレックスが反撃し、それを躱したクロヴィスがまた踏み込んでいく。その繰り返しだ。二人の実力は今でもなお、拮抗しているようだった。これまでの予選と違って、なかなか勝負がつかない。

何度も何度も、うねるように大きな声援が響き渡り、まるで会場自体が揺れているようにすら感じた。フィオナはあまりにも緊張しすぎて、段々と吐き気がしてきた。

次の瞬間、クロヴィスに隙ができて下段から突きを入れられそうになり、彼が何とか防いだ。フィオナはもうひと時も見ていられなくなってしまい、思わず二人の勝負から目を逸らしてしまった。

しかし……その時である。

フィオナはふと、見つけたのだ。会場の最前列で澱んだ目をして不気味に笑っている、ユーグの姿を。彼のその表情を見たフィオナは本能的に、とてつもなく嫌な予感に駆られた。

フィオナはすぐさま標的をユーグに設定して、自分の特異魔法を発動した。

「《標的捕捉》！」

フィオナの頭の中に、一瞬でユーグの計画の全貌が流れ込んでくる。

――ユーグはロヴィに対して、魔力暴走を無理やり起こす禁術を使おうとしている。彼はそのまま、ロヴィを葬(ほうむ)ろうとしているんだわ！　しかもユーグの特異魔法は、ゲーム通りの《無効化(オールキャンセル)》……魔法を一定時間、全(すべ)て無効化するもの。だから彼だけは、魔力暴走を起こしたクロヴィスにも、容易に近づけるという算段なのね……！　このままでは……ロヴィの命が、危ない！

次の瞬間にはユーグが駆け出したので、フィオナは咄嗟(とっさ)に転移した。考える暇(ひま)なんてなかった。

「抑圧(よくあつ)の鎖(くさり)よ、外れよ。凶暴(きょうぼう)なる本性(ほんしょう)を、ここに顕(あらわ)にせよ！」

ユーグが呪文(じゅもん)のようなものを叫ぶ。

フィオナはクロヴィスの前に立ち塞(ふさ)がり、無我夢中で彼に覆(おお)いかぶさった。

クロヴィスが目を見開いたのが見えた瞬間、フィオナの背中はとてつもなく熱いものに撃(う)ち抜かれた。魔力が暴走する術を、その身に受けたのだ。

瞬(また)く間に身体(からだ)中が熱くなっていく。全身の血潮が沸いていくようだ。フィオナはそれに耐(た)えきれず、がはっと大きく血を吐いた。

「フィー!!」

真っ青になったクロヴィスに抱(だ)きかかえられる。

フィオナはもう、全然体に力が入らず、意識も朦朧(もうろう)とし始めた。

「フィーに、何てことを……!!」

クロヴィスの目は、かつて魔力が暴走したあの時と同じように、真っ赤に燃えた。フィオナを害された怒りで、一気に暴走が始まったのだ。

フィオナは朦朧としながら様子を見ていたが、ユーグの特異魔法である《無効化》すらも効かないほど、クロヴィスの魔法は激しく暴走しているらしい。

クロヴィスを中心に嵐が巻き起こり、周囲のあらゆるもの全てを破壊していく。フィオナは最後の力を振り絞り、何とかクロヴィスに言葉を掛けた。

「ロヴィ……、魔法で人を傷つけちゃ、ダメ……。魔王に、ならないで…………」

そうしてフィオナの意識は途切れた。気を失う寸前、駆け寄ってくるヒロイン……ヴィオラの姿を、見たような気がした。

# 第八章　フィオナの決意

　フィオナが病室で目を覚ましたのは、剣術大会での事件から三日後のことだった。

「フィー！　無茶しすぎよ！　貴女、本当に死ぬところだったのよ……!?」

「ローズ……ごめんね」

　目を覚ました時、付き添ってくれていたらしいローズモンドはその場で号泣した。

　あの時、フィオナが気を失った後。すぐに学園の医療班が駆けつけて、助けてくれたらしい。剣術大会のために救護の態勢が万全に整っていたので、偶然助かったようだ。一命を取り留めたのは奇跡的だと言われた。

　国際的にも禁じられている術に手を染め、公爵令嬢を害したユーグには、大変厳しい処罰が下るそうだ。死刑か、良くて終身刑だろうと、学園の教員が話していた。間違いなく、二度と表社会には出て来られないだろう。

　クロヴィスはあの時起こってしまった魔力の暴走を何とか抑え込み、それによる死者や怪我人は出なかったようだ。

　フィオナが気を失う寸前、ヴィオラの姿が見えたので、きっと彼女のお陰なのだろう。

そう考えて、フィオナはまたしても落ち込んだ。

――私はクロヴィスを、助けたかっただけ。でもその結果、彼にまた魔力暴走を起こさせてしまった。クロヴィスの身を、かえって危険に晒してしまった……。

フィオナは、もう何度目かも分からない涙を零した。

当のクロヴィスは、すっかり魔力に身体が蝕まれてしまい、もう一週間以上も目を覚ましていない。

最初は、とても酷い熱が続いたそうだ。しかも、暴走した魔力で心臓に強い負担がかかっている状態だったらしい。彼は長い間、危篤の状態が続いていた。数日経った今、やっと状態が安定してきたそうだ。それを聞いた時、フィオナは安堵で膝から崩れ落ちた。

クロヴィスのことは、ヴィオラが毎日付きっきりで献身的に看病している。その様子を、フィオナはただ遠くから、じっと見つめることしかできなかった。

――私は、邪魔にしかならない。私はもう、クロヴィスの近くにいることすら許されない……!!

彼がまたしても、自分のせいで命の危険に陥った。それを受けて、フィオナはある決意を固めた。

――クロヴィスが気を失っている間に、彼のもとから完全に去ろう。彼が追って来られないほど、遠くの街まで。

まるで身を千切られるように辛いが、今こそ別れの時が来たのだ。フィオナは愛しいクロヴィスの姿を遠目から、最後に目に良く焼き付けた。

そして自分の病室に帰る途中、フィオナは付き添いのローズモンドに向かって、話を切り出したのである。

「ローズ。あのね。大事な話があるの……」

フィオナはローズモンドとマクシミリアンを呼び集めて、こう宣言した。

「私、行方を完全にくらますことにしたわ。ロヴィが追って来られないくらい、遠い街を転々としながら……平民として生きるの」

「は……？」

「フィー、一体何を言い出すの!?」

二人は目を丸くしている。フィオナは落ち着いた声で続けた。

「ロヴィのもとを去るなら、今このタイミングが最後のチャンスだと思う。ロヴィの意識がなければ、《千里眼》は使用できないでしょう？　いくら彼でも、何百キロも離れた、全く知らない街に居る私を見つけ出すことはできない……違う？」

「それは確かに、そうだと思うけどさあ……」

マクシミリアンが肯定しながらも、顔を大きく顰めている。ローズモンドが窘めるように言った。

「フィー。貴女は、公爵令嬢なのよ？　立場というものがあるでしょう！」

　しかし、フィオナの意志は固かった。

「私は……公爵令嬢としての立場よりも、ロヴィの命を優先する」

「そんな……っ」

「貴族としての肩書きも、もう何も要らない。たとえ全部失ってでも、ロヴィを助けるわ」

　横で聞いていたマクシミリアンは、すっかり困ったように頬をぽりぽりと掻きながら言った。

「俺たち、詳しい事情は知らないけどさあ。……そこまでしなきゃいけない理由が、フィオナにはあるんだな？」

「ええ」

　フィオナは深く頷いた。ゲームのシナリオのことや呪いのことなど、詳細を二人に伝えることはできない。だが、強い意志を込めて真っ直ぐに見つめる。

　そうしてしばらく見つめ合った後、とうとうローズモンドが折れた。

「……分かったわ。協力する。フィーは、頑固だからね。一度決めたことを覆すとは、到底思えないもの……」

「ローズ、ありがとう！」

「その代わり、行く当ての手配くらいはさせて頂戴。そうね……うちのアザール家が経営する施設が国中にあるから……そのうちのどこかで、雇ってもらうのはどう？　各地を転々とするっていうのなら、一定の期間を空けて、別の施設に移れば良いわ」

「願ってもない話だわ！　とても迷惑をかけてしまうけど、どうか宜しくお願いします」

　フィオナは折り目正しく、深く頭を下げた。ローズモンドの横にいるマクシミリアンは、眉を下げて言った。

「それが本当に、クロヴィスの命のためだって言うんなら……俺も、できる限りの協力はするよ……。けどさ……クロヴィスは、きっと必死にフィオナを捜すと思うぜ」

「……それは、分かってる。ロヴィを、傷つけることも……。だから二人には、できるだけロヴィのことを支えて欲しいの」

　自分が消えた後のクロヴィスを想像し、フィオナの胸はひどく痛んだ。しかし、いくら捜しても見つからなければ、彼だっていずれフィオナのことを諦めるしかなくなる。

　彼を手酷く傷つけてしまうことは、間違いない。しかし、その辛さの中で……クロヴィスはきっと、自分に寄り添ってくれるヴィオラに惹かれていくのだろう。ゲームの筋書きでは本来そうなのだから、それが少し遅れただけだ。ヴィオラはクロヴィスの心の傷さえも、ヒロインとして癒してくれるのだと思っている。

　フィオナは自分の存在が邪魔にしかならないのだと、もう何度も繰り返し、嫌というほど思い知ったのだ。

「私は、自分の人生をなげうってでも、ロヴィを助けたい。マックス、ローズ。どうか、ロヴィのことを……お願いします」

二人は一度、弱りきった顔を見合わせてから、しぶしぶ頷いてくれた。


「フィーネちゃん！　次は二〇三号室の部屋に、清掃入れる？」

「分かりました！」

事件から三ヶ月後。フィオナは『フィーネ』という偽名を名乗り、学園から遥か遠く離れた地で、元気よく働いていた。

「フィーネは本当に働き者ね！　仕事の覚えも早くて、とっても助かるわー」

「ありがとうございます!!　これ、一緒に運んじゃいますね!!」

「ありがとう！」

ここはローズモンドの実家、アザール伯爵家が経営するホテルの一つである。フィオナはそこのスタッフとして、労働に勤しんでいるのだ。フィオナはクロヴィスが目を覚まさないうちに、出奔することに成功したのである。

世間的には、公爵令嬢が突然行方をくらましたということになる。きっと最初は騎士団の大々的な捜索が入ったのだろうが、フィオナはどうにか見つからないままでいられた。遠くに移動する手筈は、騎士であるマクシミリアンが熟考して整えてくれたので、手際良く追手から逃れることができたのである。

三ヶ月経った今、既に捜索は打ち切られた様子だ。もう平民となったフィオナには知る由もないが……冷淡な父は、既にフィオナのことを切り捨てたのだろうと予想している。

「フィーネ。それを運んだら、今度は廊下の掃除をお願いね」

「はーい！」

フィオナは元気よく返事をした。リネン類を運んだ後、デッキブラシを持ち、つるりとした床をごしごしと擦り始める。

「ブラシで汚れが落ちていくのって、爽快よね～」

フィオナは前向きだった。やることが沢山あって忙しいのは、かえって助かる。辛いことや、悲しいことを忘れて居られるからだ。なるべくクロヴィスのことを思い出さないように、フィオナはシフトを詰め込んで、がむしゃらに働いていた。

フィオナには、前世でも労働の経験がある。だからこそ、何とかなった部分も大きかった。もちろん元令嬢なので、最初は体力が追いつかなくてとても大変だった。しかし三ヶ月経った今では、徐々に体力がついて慣れてきている。

「フィーネちゃん、スイートルームのお客様から呼び出しが掛かってるから、行ってもらってもいいかい？」

ホテルの支配人が、優しく声をかけてきた。彼は白髪のナイスミドルで、フィオナも日頃から大変お世話になっている。

「分かりました！」

「終わったら、そのまま休憩に入っていいからね」

「はい！」

元気よく返事して歩き出す。最上階まで上ってスイートルームを訪ね、チャイムを鳴らした。

しかし、次の瞬間……フィオナの時は止まった。部屋のドアが開いた途端、大きな手に腕を摑まれて、部屋の中に引き込まれたのだ。

「やっと見つけた……フィー」

聞こえたのは、懐かしくて、ずっと恋しかった声。

そこにいたのは……他でもない、クロヴィスだった。

「ロヴィ!?　どうして……!?」

フィオナは驚き、顔面蒼白になった。

――どうして。

――どうして、ここにいるの？　今度こそ、完全に逃げたはずだったのに……！

「どうして、だって……？　一体、俺がどれだけ、必死に捜し回ったと思ってる……？」

「でも、だって。こんな場所、分かるわけがないじゃない……！」

「もちろん、最初は全然分からなかったよ。学園を休んで、毎日死に物ぐるいで捜しても見つからなくて……俺は心底絶望した……。何日も眠らずに捜し回っても、全く見つからなかった……！　でもそんな時、ローズモンド嬢の存在に思い至ったんだ。フィーはいつも彼女によく相談をしていたから……もしかして彼女なら、何か知っているかもしれないって……」

「……っ」

「それからは藁にもすがる思いで、ローズモンド嬢に毎日頭を下げた。居場所を知っているなら教えて欲しいって。泣きながら懇願もした。そして、とうとう俺の様子を見かねたローズモンド嬢は……アザール家が関連しているというヒントだけをくれたんだ。そこからは、アザール伯爵家の経営する施設を国中、総当たりで捜した」

「そ、そんな……！」

　確かにクロヴィスは、最後に見た時よりも随分と窶れていた。彼の尋常でない様子を見て、情に厚いローズモンドは黙っていられなくなったのだろう。クロヴィスはフィオナにさらに近づきながら、言葉を続けた。

「ああ、支配人にはもう話を通してあるよ。仕事に戻る必要はない。今日は、逃さないから」

「え⁉　……え⁉」

じりじりと、部屋の奥に追い詰められていく。距離を取ろうと後退しているうちに、壁にトンと背が当たってしまった。

「……もう、二度と逃がさないよ。フィー」

彼の絹糸のような金髪が、さらりと目に落ちかかった。金の前髪ごしに見えるラピスラズリには、星々が輝いている。フィオナの大好きな、夜空の瞳だ。

クロヴィスの美しい大きな手が、ゆっくりと動く。優しくフィオナの両手をまとめて、拘束した。

「ロヴィ。お願いよ！　考え直して……貴方には他に、相応しい人がいるの……っ！」

「そんなお願いは聞けない」

クロヴィスの瞳は、強い怒りと悲しみで揺れていた。泣き出す寸前のような目を見ていると、出会った時のことを思い出して、胸がぎゅうっと締め付けられる。

「俺から逃げるのは、本当にもう終わりだよ」

「駄目！　ロヴィ。言ったでしょう？　私を選んだら、貴方が助からないの！」

「フィーを失ってまで、生きていく意味なんてない！」

「ロヴィ！」

フィオナは説得しようとしたが、クロヴィスは壁にドンと勢いよく拳を突いて、フィオナを黙らせた。彼は必死に懇願するように言った。

「あの時……俺の魔力が、暴走した時。フィーは『人を傷つけちゃダメ』って言ったね。あの言葉で、俺は昔のことを思い出したんだ。それから『魔王にならないで』とも言ってくれた……。フィーの、あの言葉が、あったから……！　俺は魔力の暴走を、何とか抑え込めたんだ！　俺が今こうしていられるのは、何もかも、フィーのお陰だ！」

「え……？」

思ってもみなかった言葉に、フィオナは驚いた。あの魔力暴走は、てっきりヒロインのヴィオラが鎮めたものだと思っていたからだ。

クロヴィスはあの、凄まじい暴走の中……フィオナの言葉だけを、必死に守ろうとしてくれたということだ。

次の瞬間クロヴィスはフィオナにぐっと近づき、一筋の涙を零した。そうして、まるで血を吐くように、痛々しく叫んだ。

「俺から、逃げないで……！　目を覚ました時、フィーが居なくなっていた、俺の気持ちが……分からないのか……!?」

ぱたり、ぱたり。

夜空のラピスラズリが潤んで……次から次に、透明な涙を零していく。

「拒絶、しないでくれ！　好きなんだ……！　俺には、フィーだけなんだ……っ！　フィーが、総て教えてくれた……。喜びも、生きていく目的も、何もかも総て！　こんなに、好きにさせておいて……今さら俺を、捨てないで……！　フィー……!!」

——捨てる………？

その言葉に、フィオナは大きなショックを受けた。

「そんな……捨てるだなんて……っ！」

「捨てようとしてる！　フィーは、俺を置いて行った……!!」

フィオナは、目が覚めたようにハッとした。

クロヴィスの心についた深い傷が、はっきりと目に見えたような気がしたからだ。フィオナは常にクロヴィスのためを思って行動してきたが、そのせいで彼の心を、ここまでボロボロに傷つけてしまったのだ。その事実に、フィオナの両目からも、ぼろぼろと涙が溢れた。

「ロヴィ、ごめんなさい……！　こんなに、傷つけて、ごめんなさい……ロヴィ……!!」

フィオナはもう、思い切りクロヴィスの胸に縋りついた。大好きな香りのする彼の腕の中で、大声を上げて子どものように泣く。

もうどうしたら良いのか、全く分からなくなってしまった。二人揃って迷子になってしまったような、そんな気持ちだ。

「ふっ……うぐっ……!!　どうしたら良いのか、分からないの……！　ひっぐ。私っ、私は、ただ、ロヴィを……ロヴィを、助けたかった……!!」

「フィー……」

「本当は、義姉弟なんて関係ないの……。ロヴィ。ずっと、ずっと前から、変わらずに、大好きよ……！　私は、ロヴィのことを……一人の男の人として、心の底から愛してるの……………っ!!」

フィオナはとうとう、本当の自分の気持ちを叫んだ。

クロヴィスは体を少し離して、苦しげに目を細めながら、フィオナの頬を優しく撫でた。

「俺もだよ。俺も、心底、フィーのことだけを愛してる……」

大きな手が頬を撫で、涙を拭っていく。

あまりの心地よさに、フィオナは全身がびりびりと痺れるようにすら感じた。クロヴィスの大きな手に、望むまま頬を擦り寄せてみる。

温かい。心から安心する。

大好きな彼の香りと温度に身を委ねる。

――大好き。

――大好き、クロヴィス……。

「ロヴィ。大好き……！　本当は……本当は、ずっと苦しかった……っ！」

「フィー。もう、一人で抱え込まないで。今後どうするかは、一緒に考えよう」

「うん……。うん……！」

「俺は、フィーしかいらないんだ……！　俺には、これ以上の幸せなんてない。どうか、どうか……俺から、もう逃げないで……」

クロヴィスは哀切を滲ませた声でそう言い、顔を傾けてフィオナに近づけた。フィオナもそれに応え、そっと目を瞑る。

ゆっくりと二人の距離がゼロになって、唇と唇が、柔らかく触れ合った。

口づけ、された。……そう思った次の瞬間に、クロヴィスの体が眩く光り輝いた。

「え………!?　な、何!?」

フィオナは慌てて、クロヴィスに縋り付く。

しかし彼は驚きながらも、体は全く平気な様子だった。そうして全ての光が鎮まった後、クロヴィスはぽつりと呟いた。

「呪いが、解けた………」

二人は気持ちを落ち着けて、じっくりと話すことにした。今は、ソファーに並んで座っている。

クロヴィスは片手で抱き寄せたフィオナに向かって、静かに尋ねた。

「俺の呪いのこと、フィーは知っていたんだね？」

「ええ……。アレックス殿下に頼んで、王宮の禁書庫で調べたの……。魔の番という言葉も、その時に知ったのよ。ロヴィは、どうやって知ったの？」

「父上に頼んで、俺も王宮の禁書庫を調べたんだ」

「そうだったのね……」

その言葉に納得する。

父であるディオンは、この国の宰相だ。伝手も十分に持っているだろう。

「フィーとキスした瞬間、この身の呪いが解けたのがはっきりと分かった。……ほら、痣も消えてるだろ？」

クロヴィスはプチプチとシャツのボタンを開け、呪いの痣のあった胸を見せた。フィオナは覗き込む。確かにあの大きな痣は、一欠片も残らず消えていた。

「嘘……どうして？」

「つまり……きっと俺たちは、『魔の番』だったんだ」

「え……!? で、でも……」

フィオナには、どうしても引っかかる点があった。思わず言い淀むが、クロヴィスに促される。

「気になることがあるなら、何でも教えて？」

「う、うん……。実は、私が拉致された時にね。でも……ロヴィが気を失った後、私はがむしゃらに動いて、貴方に顔を近づけようとしたの。ロヴィの魔力で強く弾き返されたのよ」

「そう、だったのか……」

「だから、やっぱり私は……当然、ロヴィの魔の番でもないいんだって思い知って……すごく絶望したの……」

「フィー。そんな辛い気持ちを、一人で抱えていたんだね……」

クロヴィスは、フィオナをぎゅっと抱き締めた。こうされると温かくて、心底安心する。この場所を、もう二度と手放せそうにないと思った。

クロヴィスはゆっくりと、落ち着いた様子で説明した。

「魔力暴走が起きると、過剰に自己防衛本能が働くらしいんだ。特に気を失っている間は、触れようとする者全てを、無意識で弾いてしまうらしい」

「えっ……!?」

「実は、フィーが俺を振って学園に入学した後……がむしゃらに魔法の特訓をして。軽い暴走を起こしかけたことがある。その時も気を失った俺は、近づいて触れようとする者を無差別に撥ね返してしまったらしい。たとえ魔の番であっても、区別がつかない状態なんじゃないかな」

「ええ……!?」

それではフィオナは、自分が魔の番じゃないから拒絶された……という勘違いで、ずっと苦しんでいたことになる。

現にクロヴィスの呪いは、今完全に解けたのだ。

「それじゃ……本当に、私が番なの……？」

「うん。呪いが解けたから、間違いない」

「そんな………。そんなの、あまりにも、都合が良すぎるんじゃないかしら………。夢、みたいだわ………」

フィオナがふわふわした心地のまま言う。

しかしクロヴィスは顎に手を当てて、真剣に考えながら言った。

「これは、俺の後付けの推測だけど。『魔の番』っていうのは……単純に、『真に愛し合う者』を指すんじゃないかな？」

「あ……なるほど。ここは乙女ゲームの世界だから、そういうのもあり得そうな設定だわ……」

「おとめげーむ？」

クロヴィスが、聞き慣れない言葉をおうむ返しする。その発音が可愛くて、フィオナはくすりと微笑んだ。

「ええとね、少し長くなるんだけど、私の話を聞いてくれる……？」

「もちろん。フィーの話なら、幾らでも」

フィオナは、自分の前世の秘密を包み隠さず打ち明けることにした。

この際だから、クロヴィスには全部話したほうが良いだろうと思ったのである。


「フィーが、転生者……ここが、物語の世界……」

フィオナは順を追って、クロヴィスに全ての事情を説明したのだ。クロヴィスは目を丸くしている。

「……すぐには、信じられないわよね？」

「いや、フィーの言うことだから、全部信じるよ。それに、色々と納得がいった」

「納得？」

クロヴィスは弱りきった笑みを浮かべながら、フィオナを引き寄せた。

「フィーが最初に俺を振った時、どうにも様子がおかしかったこと。自分と結ばれると俺の身が危険だと言って、俺からずっと逃げようとしていたこと。………そういうことの理由が、これでやっと分かった」

「ごめんね………」

「ううん。フィーはずっと、俺を助けようとしてくれたんだね」

「うん…………」

「でもね、フィー。聞いて欲しい」

クロヴィスはフィオナの頬に手を添えて、真っ直ぐに目を見つめた。ラピスラズリの瞳が、潤んで輝いている。

「何度も言うけど、俺はフィーしか要らなかったんだよ」

「うん……」

「俺たちは魔の番だって分かったんだし、もう大丈夫だ。これからは、ずっと一緒にいるって……約束、してくれる？」

「もちろん、約束するわ。私だって、ずっとずっと……ロヴィと、一緒に居たかったんだもの……っ！」

フィオナはクロヴィスに、ぎゅっと抱き付いた。

上からしっかりと包まれるように抱き竦められ、また泣きたくなってしまう。

「うん。じゃあもう……今までのことは、全部、許すよ」

柔らかく微笑まれ、また泣き出したいような気持ちでクロヴィスの体温に浸る。しかしそこで、フィオナははたと気がついて言った。

「待って。重要なことを思い出したわ。私たちが一緒になることを、あのお父様が許すかしら……？」

あの冷淡な父が、わざわざ手間暇をかけてまで、自分たち義姉弟の結婚を後押しするとは思えない。公爵家にとって、特に利になるような話でもないだろう。

しかしクロヴィスは、あっけらかんと言った。

「ああ、それならもう、条件をクリアしてる」

「条件……？」

「騎士になる決意をしたときに、俺は父上に話をつけたんだ。俺が騎士として、一定の功績を残すこと。学園に首席で入学して、周囲の貴族たちから立派な公爵令息として認められること。それから最後に、この体の呪いを解くこと……。これらの条件をクリアしたら、フィーとの結婚を許してもらうと約束した」

「え、そうだったの……⁉」

「うん。もともと俺は王の血を引いている半魔で、命さえも危うい立場だったから。それぐらいのことをしないと、先行きが不安だった。でも、もう大丈夫だ。俺は騎士として、父上から提示された以上の功績を残した。首席入学もして、周囲からも一定のレベルで認められている。それに、こうして今、呪いは解けたしね」

「ロヴィ。ずっと、そんな大変な課題をこなしていたの……？」

「俺はただただフィーと結婚したくて、今までがむしゃらに頑張ってきたんだよ？」

「……小さい頃、ある時から急に、無理をするようになったものね。でも私、そんなこと全然、知らなかった……」

「フィーに気持ちを受け入れてもらえたら、全部話そうと思っていたから。伝えるのが遅くなっちゃったね」

「そっか……でも、良かった……」

フィオナはほっと安心の溜息を吐いた。するとクロヴィスは少しだけ体を離して、甘く微笑んだ。

そのまま、また顔をすっと近づけてくる。フィオナも躊躇いなく、少し顔を傾けて、そっと目を瞑った。

二回目のキスは、甘くて、とても温かかった。


翌日フィオナとクロヴィスは、揃って実家に戻った。

意外なことに、父ディオンからフィオナへのお咎めは、特になかった。フィオナは突然出奔したので、最悪勘当されるかもしれないと覚悟していたのだ。しかし、それは杞憂だった。なんと父は、わざわざ学園に休学手続きまでしておいてくれたらしい。だからフィオナは、学園にも復帰できることになったのである。

フィオナは深く頭を下げ、父に謝罪と感謝を示した。

「お父様。この度は、自分の立場を顧みずに、出奔などをして……多大なご迷惑をお掛けしました。大変、申し訳ございませんでした。また、学園の休学手続きなど、私が戻った時のための手配までして頂き、ありがとうございました」

「構わない。そのうち戻ると思っていた」

ディオンは相変わらず、全くこちらに視線を合わせない。しかしこの父なりに、案外心配してくれていたのかもしれないと、フィオナはそう感じた。この人はただあまりにも不器用で、子どもとの向き合い方が分からない……そんな人柄なのかもしれないと、初めて思ったのだ。

フィオナが頭を上げて元の姿勢に戻ると、今度はクロヴィスが一歩、進み出て言った。

「父上。昔した約束を、覚えていますか。提示された条件をクリアしたら、フィーとの結婚を許して下さると」

「無論、覚えている」

「俺は呪いも解き、全ての条件を満たしました。どうか、フィーとの結婚を許してください」

「私からもお願いします、お父様」

今度はクロヴィスが頭を下げ、フィオナもそれに続いた。ディオンは淡々とした無機質な声で言った。

「約束は、約束だ。お前たちの結婚を許す。クロヴィス、お前は成人したら、一旦（いったん）他家に養子に出すことになる。それで良いか」

「はい、もちろんです。ありがとうございます！」

「ありがとうございます、お父様……！」

　ディオンは遠くを見ながら言った。

「先日の剣術（けんじゅつ）大会。苦しみながらも必死に暴走を抑（おさ）える、お前の様子を見て……貴族たちから、多くの同情の声が集まった。これを機に国王は、半魔の保護に踏（ふ）み切るそうだ」

「！　そうですか……」

「このことには……クロヴィス、お前が今まで続けてきた活動が、大きく影響（えいきょう）している。お前は今後も貴族たちをまとめ上げ、自ら旗頭（はたがしら）となっていく必要があるだろう。よく励（はげ）んで、国王を支えるように」

「はい、分かりました」

　クロヴィスは重々しく頷（うなず）いた。


　そうして父の元を後にしたフィオナは、しみじみとクロヴィスに言った。

「すごいわ。国王まで、半魔の保護に動くなんて……。弱い立場にある半魔の人々のために、ロヴィがずっと頑張ってきたおかげね」

クロヴィスがこれまで積み重ねてきた活動が、ようやく実を結ぼうとしているのだと思うと、感極(かんきわ)まってしまう。

「まあ、最初は……他(ほか)の半魔のことなんて、二の次だったんだけどね？」

「え？」

クロヴィスの意外な言葉に、フィオナは目を丸くした。彼はことも無げに続けた。

「俺はただ、フィーの隣(となり)にいる権利が欲しかっただけ。そのために、半魔全体の地位を向上させたかっただけだよ。全部、全部。何もかも、フィーだけのためで……他の半魔なんて、どうでも良かったんだ」

「ええ……!?」

「重いだろ？　失望した……？」

クロヴィスは首を傾(かし)げ、少し心細そうに言った。どうやらフィオナは、自分が思っていたよりずっと、クロヴィスに深く愛されているようだ。少しどぎまぎしてしまう。

「べ、別に失望したりはしないわ。ちょっと、びっくりしただけ……」

「そっか、なら良かった。たとえ引かれたとしても、フィーに嘘(うそ)は吐きたくなかったから。まあ……離してって言われても、今更(いまさら)二度と離してあげないけどね？」

クロヴィスは妖艶(ようえん)に目を細めて、フィオナの頬(ほお)に軽くキスを落とした。フィオナは真っ赤になって固まってしまう。それからクロヴィスは窓の方を向き、少し遠くを見るような目をして言った。

「そんな風に、最初の動機は完全に不純だったけど。今は、ちょっと違うよ。騎士として活動するうちに、俺みたいな境遇の子どもが沢山いるのを……目の当たりにしたから」

「……そっか」

「うん。フィーに出会うまで真っ暗闇だった人生を、思い出して……そういう子どもが、少しでも減れば良いと思うようになったんだ。だから俺は、これからも半魔保護のための中心になるよ」

「ロヴィ……」

　フィオナは彼の手を取って、ぎゅっと握りしめた。

「じゃあ、私はその隣にずっと居て、ロヴィを支えるわ。今度こそ！」

「フィー……ありがとう」

「私だって、二度と離してあげないから！」

　フィオナは負けじと言い放った。クロヴィスの愛がいくら重たくたって、全部受け止める覚悟はできている。彼を生涯支えていこうと、フィオナは改めて胸に誓ったのだった。


　その数日後、フィオナは無事に学園へと戻ってきた。

結果として三ヶ月も休んでしまったが、レポート提出をすることで出席の代わりとしてもらえるそうだ。単位も何とか落とさなくて済みそうで、ひと安心した。クロヴィスは、「留年して俺と同学年になっても良かったのに」などと呟いていたが。

ローズモンドとマクシミリアンは、これまで大層気を揉んでいたらしい。フィオナとクロヴィスの二人が学園に行くと、すぐに揃って駆け寄ってきた。

「フィー……！　もう。すっごく心配だったんだから！　少し、痩せたんじゃない？　大丈夫だった？」

ローズモンドは、気が気でないといった様子で言ってきた。フィオナは彼女にぎゅっと抱きつきながら、お礼を言った。

「ローズ、ありがとう。でも、ホテルではすごく良くしてもらったのよ？　働くのは正直、結構楽しかったし……全部、ローズとマックスのお陰だわ」

「それなら……良いんだけど。とにかく、ようやくクロヴィスとうまくいったみたいで、安心したわ」

フィオナはクロヴィスと目を合わせて微笑み合う。少し照れ臭いが、今は幸せでいっぱいだ。

「フィオナが居なくなってからのクロヴィス、本当に死にそうだったんだぞ～。いくらクロヴィスのためだって言ってもさ、出奔なんて、もう二度とするなよ？」

マクシミリアンに念を押される。これにはクロヴィスが反応した。

「おい、マックス。あまり余計なことは言わなくて良い」

「でもさぁ、あんなに顔色の悪いクロヴィス……俺もう、見てらんなかったし」

フィオナはクロヴィスの手を取った。ほっそりした手でクロヴィスの手をぎゅっと握ると、彼の白磁の目元が赤くなった。

「ごめんね、ロヴィ。二度と、離れようなんて思わないわ」

「フィー…………」

クロヴィスは声を震わせながら、フィオナの手を握り返した。

今回のことで彼には、深い心の傷を負わせてしまっただろう。これからずっと一緒に居て、少しずつそれを癒していければ良いと思う。

そんな話をしていたところで、ローズモンドが突然の爆弾を投下した。

「クロヴィスとフィオナの両方を心配してたら、私も板挟みで、すごく辛くなっちゃってね……。その間、マックスが献身的に支えてくれたの。ええと、それでね……私たちも、婚約することになったのよ？」

「えっ…………えっ⁉　私たちって……マックスと、ローズが⁉」

「そうよ。ずっと、マックスの求婚を断っていたのにね……。私、マックスのことが好きなんだって、やっと気づいたの」

ローズモンドは、頬を染めてはにかんでいる。マクシミリアンは堂々と胸を張って言った。

「な？　クロヴィス、諦めなくて良かっただろ？」

「ああ。あの時はありがとう、マックス」

マクシミリアンとクロヴィスは微笑み合い、拳をぶつけ合った。フィオナは急展開に驚きながらも、喜んで祝福をした。

「二人はすごく、お似合いだわ！　おめでとう！」

「マックス、本当に良かったな。おめでとう」

マクシミリアンとローズモンドの二人は、幸せそうに寄り添って笑った。

「結婚したら……将来的には、家族ぐるみの付き合いになるかもね？」

「うん、そうね。宜しくね？　二人とも」

ローズモンドが微笑んで言ったので、フィオナもにっこりと笑って返した。

その日は四人で、フィオナの帰還を祝う小さなパーティーをした。フィオナはやっと、元の場所に帰って来られた気がして……心の底から、ホッとしたのだった。

# 第九章　その後の二人

復学したフィオナは、きちんとけじめを付けるため、単身でアレックスの元を訪ねた。

「アレックス殿下。今まで沢山、気に掛けていただき、本当にありがとうございます。ですが……婚約のお申し出は、正式にお断りさせて下さい。私は、クロヴィスと生きていくと決めました」

「分かってるよ、フィオナ嬢。君の様子を見れば……すぐに分かる」

アレックスは、少し切なそうに目を細めて言った。フィオナは言葉を続けた。

「殿下が本気で私を想ってくださっていたのだと、私はきちんと分かっていました。その気持ちを利用するような真似をしてしまい、本当に申し訳ありません……」

「まあまあ。利用していいよって言ったのは、俺だよ？　……うん、俺の気持ちが伝わっていたんなら、それは、嬉しいかな。君は……俺の、初恋の人だから」

「殿下……。ありがとうございました」

フィオナが頭を下げると、アレックスはもう一度微笑んでから、晴れ晴れとした様子で言った。

「クロヴィスと幸せにね。あれは俺が認めた、数少ない男だから」

「はい」

それから彼はウインクして、茶目っ気たっぷりに言ってみせた。

「でも、もしクロヴィスに泣かされたら、俺のところに来ていいよ？　今度こそ掻っ攫うから」

「ふふ。ありがとうございます」

フィオナは胸の痛みを覚えながらも、微笑んだ。自分を本気で想ってくれたアレックスへの感謝の気持ちを、生涯忘れないでおこうと思ったのだった。


フィオナは学園で、ヴィオラにもばったり遭遇した。

クロヴィスは彼女を、改めてきっぱりと振ったのだという。それからは彼女も、クロヴィスにアプローチするのを完全に止めたそうだ。フィオナは思い切って、ヴィオラに声を掛けた。

「あ、あの……ヴィオラ様」

「あら、フィオナ様。何ですか？」

「クロヴィスの看病を、沢山してくれてありがとう。それに、危険なところを助けてもらったりもしたし。貴女にはとても感謝してるわ。でも、私……」

　フィオナはヴィオラの方を真っ直ぐ見て、あの日言えなかった言葉を、ようやく口にした。

「クロヴィスのことを幸せにする役目は、やっぱり誰にも譲れない。これからはもう、迷わない。私がずっと、彼の隣にいるから……！」

　ヴィオラはその大きな目をぱちくりと瞬いてから、勝ち気な様子で目を細めて言った。

「その言葉、もっと早く聞きたかったですね。あーあ。多分もう少しで……クロヴィス様に振り向いてもらえたのになあ……」

「そっ、そんなことない！　と……思うわ」

「冗談ですよ。クロヴィス様がフィオナ様のことしか見えてないって、私もさすがに分かっていましたから」

　ヴィオラは清々したという感じで、にっこりと綺麗に笑って言った。

「良いんです！　私、もっともーっと！　素敵な男の人を捕まえて、幸せになりますから！」

　こうして、ヴィオラとフィオナとの間にあったわだかまりも、少しは解消されたのだった。


　さて、フィオナの出奔から数ヶ月が経ち、全員学年が一つ上がった。

　クロヴィスは十六歳になって成人したのを機に、アングラード家と縁のある侯爵家へと養子に入った。そうして正式に、フィオナと婚約を結んだのである。

　長期休暇などは今まで通り公爵家に帰省しているので、貴族の生き方というのはなんとも不思議な感じだ。まあ、将来的には公爵家の入婿となって公爵位を継ぐので、これで良いのかもしれない。

　そして今日は何と、原作ゲームにおいてクロヴィスがフィオナを殺害する、因縁の夜会がある日である。

　二人はよく相談したのち、パートナーとして仲睦まじくこの夜会に出席することにした。敢えて出向いて、シナリオを完全に打ち破りに行くのだ。

「う～ん！　今日のお嬢様も、どう考えても完璧ですわ！」

　メイドのコリーナは、またしても絶賛していた。良い汗かいたわ～という感じで、大変満足げだ。

　フィオナも若干照れながら、肯定する。

「このドレスを着こなせるか、正直不安だったけど……コリーナのお陰で、様になってるわね？」

「お嬢様の美貌があるからこそです！　もっと、自信を持って下さいませ！」

　コリーナは力強く言い切った。

今日のドレスは、ラピスラズリのような深い藍色だ。オフショルダー型で肩は大胆に開いているが、胸元は薄いレースで覆われており、とても上品である。所々に金のスパンコールが縫い付けられ、広がるスカートの裾にいくにつれて、その密度が次第に上がっていくようになっている。まさに、夜空を身に纏っているようなドレスなのだ。

このドレスは、何を隠そう、クロヴィスの瞳をイメージしたものである。ブティックのマダムと、何度も綿密に相談しながら仕立ててもらった。

ネックレスは、以前クロヴィスとのデートで買ってもらった、ラピスラズリの石のついたものを付けた。ピアスはクロヴィスから新たに贈られた、イエローダイヤモンドが揺れる品だ。十七歳の誕生日の記念にと贈られてから、とても大切にしている。

フィオナのミルクティー色の髪は、今日は美しく結い上げている。サイドの髪は垂らして、コテでくるくると巻いてもらった。フィオナは少し童顔なのが悩みだが、これでいつもより多少は大人っぽく見えるだろう。

「フィー、迎えに来たよ？」

ノックとともにクロヴィスの声がする。フィオナはすぐに返事をした。

「ちょうど、準備ができたところよ。入って？」

「良かった。入るよ」

クロヴィスはするりと入室した後、フィオナの姿を認めて、分かりやすく目を瞠った。

実はこのドレス、彼に内緒でこっそり仕立ててもらったのだ。

「……どうかな？」

「…………最高。すごく綺麗だ。フィーが、俺の瞳の色を纏ってる…………」

クロヴィスは呆然とした様子で近づいてきて、改めて上から下までじっくりと眺めた。

「本当に似合ってるよ。…………感動しすぎて、上手く言葉が出てこない…………。ごめん」

「ふふふ。気に入ったなら、良かった」

「うーん……。こんなにも綺麗なフィーを、やっぱり誰にも見せたくない気持ちもあるな……」

「もう。夜会に行こうって言ったのは、ロヴィでしょ？」

「はは。半分は冗談だよ」

半分は本気らしい。フィオナはくすくすと笑った。

それから不意に、クロヴィスは今にも泣き出しそうな顔になり、くしゃりと微笑んだ。

「……あのね。俺は昔、自分の瞳が……それはもう大嫌いだったんだよ」

「……そうなのね」

「うん。でも、フィーが綺麗だって言ってくれたから。だから、好きになれたんだ」

「そっか……」

「その瞳の色を纏ってる君を、婚約者としてエスコートできる。俺は、世界一幸せ者だな……」

クロヴィスは控えめに、垂らしているフィオナの髪に触れた。セットを崩さないように、細心の注意を払ってくれているのだ。

「髪には、生花をつけているんだね。黄色い薔薇、良く似合ってる」

「これにも意味があるのよ。ロヴィが昔、初めて会った頃に、お見舞いで花束を作ってきてくれたのを覚えてる？　その時も、黄色い薔薇の花束だったのよ？」

「フィー……！　そんなことまで、覚えていてくれたの？　ああ、今すぐ思い切り抱き締めたいけど……！　我慢だな」

「うん。ふふふ」

クロヴィスが半ば本気で苦しそうにしているのを見て、フィオナはころころと声を上げて笑った。今日は目一杯おめかししているので、くっつくのは我慢だ。

クロヴィスは気を取り直し、美しい所作で腕を差し出しながら言った。

「行こうか？　シナリオを、完全に打ち破りに」

「ええ！」

するりとクロヴィスの腕を取ると、大好きな彼の香りがした。

二人はコリーナに見送られ、意気揚々と馬車に乗り込んだのである。

夜会会場は、王宮の大ホールだ。そこら中が金色に染められた、大層煌びやかなホールの中央に、巨大なシャンデリアが吊り下がっている。天井を見上げれば、美しい天使たちの絵が描かれていた。まるで夢のような世界だ。

二人が入場すると、今日も今日とて一斉に会場の注目を集めた。

「まあ、今日もお似合いね……！」

「正式に婚約を結ばれたのよね。相変わらず、仲睦まじそうでいらっしゃるわ！」

今や二人は社交界において、かなりの有名人である。クロヴィスは正式に認められた公爵家の跡取りであるし、二人は仲良しの美男美女カップルでもあるからだ。最近は若い貴族たちの憧れの的となっているらしい。

入場した二人はそのまま、アングラード公爵家に縁のある人と順番に挨拶していった。皆が大変に好意的だ。クロヴィスの血筋に対する偏見など、今やもうすっかり見られなくなった。彼が必死に残して来た功績や、取り組んできた運動、そして普段の振る舞いがしっかりと認められているからである。

必要な挨拶が終わる頃を見計らって、二人にゆっくりと近づいてくる者がいた。マクシミリアンとローズモンドのカップルだ。

「やあ、良い夜だねぇ」

「フィー。そのドレス、とっても似合ってるわ！」

二人ともにこにこと笑顔で、仲良くぴったりと寄り添っている。クロヴィスとフィオナも笑顔になった。

「正式に婚約してからは、今日が初めての夜会なんだよ」

「今日をとても楽しみにしてたの。ローズもそのドレス、とっても素敵だわ！」

フィオナはローズモンドの姿にうっとりした。グラデーションになっている水色のドレスは、彼女の黒髪と水色の瞳にとても似合っている。

「ありがとう。これはね、マックスが贈ってくれたのよ」

「ふふ。相変わらず、仲良しね！」

「フィオナたちだって。一時期は本当に、どうなることかと思ったけど……今はすっかり仲良しカップルで有名じゃない？」

「クロヴィスも、最近はずっと体調良さそうだしな～。安心したよ」

「本当にねえ。私たち二人で、あんなに気を揉んでいたのにね？」

「全くだよなあ～」

ローズモンドとマクシミリアンが悪戯っぽくそんなことを言ったので、フィオナは少しだけ身を縮こまらせた。

「その節は、大変ご心配をおかけしました……」

「もうフィーのことは二度と離さないから、大丈夫だよ」

「うんうん。まあ、二人があんなに揉めてくれたお陰で、俺はやっとローズに振り向いてもらえたからな。許す！」

「もう、マックスったら」

マクシミリアンがわざとらしく偉そうに言い、ローズモンドがふふっと笑った。そうして、四人は笑い合いながら楽しく歓談した。

原作にあったはずの不穏な事件など、影も形もない。今日の夜会は、至って平和だった。


クロヴィスとフィオナはダンスを踊るため、マクシミリアンたちと別れた。

流れるように優雅にエスコートされて、会場の真ん中に進み出す。

腰をそっと抱かれ、クロヴィスと体をぴったりと合わせる。この瞬間は、今でも新鮮でドキドキしてしまう。

そうして音楽に合わせて、二人は踊り出した。クロヴィスのリードは正確で、それでいて思いやりもあるので、抜群に踊りやすい。今日も相変わらず、二人の息はぴったりだった。

彼は途中で、不意にフィオナを抱き寄せて、耳元で囁いた。

「フィー。夜空みたいに、キラキラ光ってる。本当に綺麗だよ」

「ありがとう……」

フィオナは思い切って、その小さな頭をクロヴィスの胸に寄りかからせた。

すると、握られた手にぎゅっと強い力が込められた。

「ああもう！　どうして、そんな可愛いことするの…………！」

「ふふ。くっつきたくなっちゃった」

「相変わらず、俺はフィーに振り回されてるな……。まあ、良いけど！」

次の瞬間、クロヴィスはフィオナを抱き上げて、くるりと一周回った。見ていた観衆から、ワッと歓声が上がる。

「きゃっ！」

「俺だって、フィーを振り回していくからね？」

「ふふっ！　望むところだわ！」

二人は明るく微笑み合った。そんな風にして二、三曲たっぷりと踊ってから、二人はダンスホールを後にした。飲み物を受け取り、すっかり満たされた気持ちで、人気のないバルコニーに出る。

「夜風が気持ち良いね」

「うん……」

暗闇の中、ここでは二人きりだ。満天の星の下で、クロヴィスがこちらに距離をぐっと詰めて来る。美しい瞳が近づいてきて……キスされるかと思った瞬間、弾むような明るい声を掛けられた。

「クロヴィス様！　フィオナ様！」

声の主は、ヴィオラだった。なんとその隣には、アレックスまで居る。

「はぁ。今ちょうど、良いところだったのに……」

「おい。四六時中いちゃついてるんだから、それぐらい良いだろう」

今にも舌打ちをしそうな勢いのクロヴィスに、アレックスが呆れた様子で言った。

「ん……？　アレックス殿下は……今日、ヴィオラ嬢をエスコートしていらっしゃるんですか？」

クロヴィスが心底意外そうな声を出すと、アレックスは大変不本意そうに首を振った。

「違う！　全然違う。絶対に誤解するなよ！　今日俺は、妹をエスコートしていたんだ。それなのに……この子が勝手に周りをウロチョロと……！　はあ、迷惑すぎる……」

「だって、こんな立派な夜会、なんだか不安で。アレックス殿下くらいしか、知り合いがいないんです」

「全く、王族に向かって『くらい』とは……！　いくら可憐なレディでも、そういうのは無礼に当たると言っているだろうが」

アレックスは呆れた様子だが、ヴィオラはけろりとしている。「もっと素敵な男の人を捕まえる」と宣言していたが……もしかして、早くもそれを有言実行しようとしているのだろうか。

「ヴィオラ様って……すごく大胆ね」

「こういう子なんだよ。本当に肝が据わってる」

クロヴィスと一緒に、ひそひそと囁き合う。ヴィオラは終始にこにことしてアレックスに話しかけ続けており、アレックスはしぶしぶそれに付き合っていた。ともかく、ヴィオラも前を向いて進もうとしているのだと感じ、フィオナは少しだけホッとしたのだった。

二人の予想していた通り、夜会では最後まで何の事件もなく、無事に終了した。

クロヴィスの呪いは解けて、彼が魔王になるというゲームシナリオは完全に打ち破られたのだ。大方分かっていたとはいえ、実際に何も起こらないとやはり安心する。帰りの馬車で、フィオナはしみじみと言った。

「もう、完全にゲームのシナリオからは離れたのね……」

「そうだよ、フィー。だから、もう前世の記憶に振り回されちゃ駄目だよ？」

「うん、分かったわ」

クロヴィスの目をじっと見つめる。今日のフィオナのドレスなんかより、ずっとずっと美しいラピスラズリの瞳だ。

「クロヴィスの瞳、今日もとても綺麗だったわ。シャンデリアの光を反射して、本物の夜空みたいだった……」

「フィー……。今夜一番綺麗だったのは、君だよ」

自然と距離が近づいて、ゆっくりと口付けをした。柔らかくて、温かくて、心臓がドキドキと音を鳴らす。角度を変えて、もう一回。それから、そっともう一回して……二人は顔を離してから、見つめ合った。

クロヴィスは目を潤ませて、くしゃりと笑いながら言った。

「フィー。俺と出会ってくれてありがとう……」

「私こそ。ありがとう」

「ずっと、一緒だからね」

「うん！」

二人の間を阻むものは、もう何もなかった。


クロヴィス・アングラードと、その妻となったフィオナ・アングラード。彼らは社交界きってのおしどり夫婦として、広く知られるようになった。

圧倒的な美貌を持つ二人が仲睦まじく寄り添う様子は、いつも周囲の憧れを集めていた。

二人はいつもお互いしか見えていなかったと、誰もが口を揃えて言う。

しかし、クロヴィスが半魔だということもあり……二人が一緒になるまでは、随分と紆余曲折があったようだ。

その詳細を正確に知る者は非常に少なく、それがかえって、様々な分野の作家の創作意欲を掻き立てることとなった。

二人の馴れ初めについては、後に沢山の物語が紡がれることになる。半魔の王子と美しい公爵令嬢の恋物語は、詩や歌や劇となって、巷に溢れかえった。はっきり誰と名指しされることはなかったが、二人をモチーフにしていることは明らかであった。

公爵位を継いだクロヴィスは、騎士としても大変出世した。彼は何と、騎士団長にまで上り詰めたのである。半魔であるというハンデをものともせず、クロヴィスは大きな功績を残し続けた。

騎士団の副団長には、クロヴィスの一番の友だったマクシミリアン・ジラルデが就任して、活躍したことが知られている。また、彼の妻であるローズモンド・ジラルデは、生涯にわたってフィオナの一番の親友だったという。

また、この国きってのプレイボーイとして広く知られた第二王子アレックス。

彼は、のちに小国の王女と大恋愛をして、その国に婿入りを果たした。

アレックスはその国の王となり、民に慕われる賢王として知られるようになったのだ。

彼はどんな地位や生まれの者でも、差別することがなかったという。その者の能力を正当に評価し、登用したことで有名となった。


さらに、彼らと同学年だったヴィオラ・マティスは、救国の聖女として名を馳せた。王立学園を卒業した後に各地を旅して、多くの人を癒して回ったことで知られている。

彼女は旅先で出会った、とある貴族の男性と結ばれたという。二人は仲睦まじく、相手の男性は彼女の慈善活動を献身的に支えていたようだ。


さて。話はフィオナとクロヴィスに戻る。

クロヴィスの活動を契機として立案された、半魔保護の法律をきっかけにして、困窮する半魔の人々は目に見えて減っていった。

それ以外にも、クロヴィスは半魔の地位向上に大変力を入れたそうだ。

貧しく困っている者がいれば保護して助け、その自立を支援した。また、相手が小さな子どもであれば、自分の養子に取ることもあったという。

立派な公爵であり、騎士団の実力者でもあるクロヴィスが旗頭となることで、半魔に対する負のイメージはどんどん改善されていったそうだ。

そうしてこの国は半魔と上手く共存できる地となり、次第に他国のお手本にまでなっていった。

クロヴィスの妻フィオナは、いつでも彼の最大の理解者であり続けたという。彼女はクロヴィスの活動を、常に全力で支えていたそうだ。

二人は沢山の子宝にも恵まれ、幸せな家庭を築いた。


そして、歳を重ねても。

最期の時までずっと、二人は仲睦まじかったという。

クロヴィスが老衰で息を引き取った後、夫人も後を追うように、静かに眠りについたそうだ。

二人の子どもたちは、二人の想い出の場所――公爵邸の裏にある草原に、彼らの墓を建てた。

そこでかつて追いかけっこをしていた、幼い彼らの明るい笑い声が今も聞こえるようだと……かつて執事を務めた年老いた男は、涙したという。

# あとがき

初めましての方も、いつもありがとうございますの方もこんにちは。かわい澄香と申します。

このお話の元となっているのは、ウェブに掲載した短編小説です。他の長編連載の息抜きにと、当初突発で書いたものでした。元々は三万字程度の作品を、単行本化に当たって十万字以上にまで、特大ボリュームアップした形となりました。その結果、かなりの紆余曲折を経て、もはや別作品と言っても過言ではないものに生まれ変わったのではないかと思っております。

とはいえ、主人公フィオナ、そしてヒーロー・クロヴィスの本質的な部分は全然変えていません。二人の間のラブコメディ要素は、読者の方にもときめいて頂けるように大きく増量したつもりなのですが……いかがでしたでしょうか？

ちなみに作者は普段、無口な黒髪のストイックキャラばかりヒーローにしてしまいます（異様に好みなんですよね……）。要するに本作のヒーロー・クロヴィスは、私の作品の中では結構異端なタイプです。でも、愛が真っ直ぐで重いところ、そして感情の起伏がちょっと変なところなんかが伝わるように書いたつもりです。

それに対してフィオナは、結構な天然で、少し猪突猛進なところがある女の子として描きました。見た目の美少女っぷりと中身とのギャップや、放っておけないようなところが読者様に魅力に感じていただけたらと思い、工夫したつもりです。

ただし、この書籍化に当たって誰よりも一番大きく進化したのは、アレックスだと思っています（笑）。元々はほとんどモブみたいな扱いだったのですが、クロヴィスの強力なライバルとして生まれ変わるよう、頑張りました。彼は原作ゲームでメイン攻略対象のキャラクターという設定なので、成長や心境変化なんかが垣間見えるように描いてみたつもりです。作者はもともと乙女ゲームをこよなく愛しているので、そこはこだわりポイントでした。でもまあ、もしも私がこの小説の原作ゲームをやったら、真っ先に攻略するのはユーグですね（黒髪ストイックキャラなので……）。

その他にも、親友キャラのマクシミリアンやローズモンド、原作ヒロインのヴィオラなど、それぞれが作者にとっては愛着のあるキャラクターたちです。読者の皆様にとっても誰かお気に入りのキャラクターが生まれたら、とても嬉しいです。

さて、イラストレーターの夏目レモン様には、私の想像を軽々と超える程の素敵なイラストを沢山描いていただきました。お陰で小説の世界が大きく広がったように感じております。登場人物たちを魅力的に描いて下さったこと、心より感謝しております。

そして、今回は初の書籍化ということで、本書の発行に当たっては、担当編集の方に特にお世話になりました。右も左も分からない状態からここまで導いていただき、本当にありがとうございます。この本の出版に関わってくださった全ての方々に、御礼(おれい)を申し上げます。また、家族にも応援(おうえん)してもらい、沢山(たくさん)支えられましたので、この場を借りて感謝を伝えたいです。

そして何より、この本を手に取ってくださった読者の方々には、心より感謝を申し上げます。いつもウェブで応援して支えてくださる方々にも、常々大変助けられております。本当にありがとうございます！

もしも機会がありましたら、また私の著作を読んで頂けたら幸いです。それでは、今回はこの辺で失礼致(いた)します。

かわい澄香

「ラスボス令息に殺される義姉ですが、彼を好きになってしまいました。」
の感想をお寄せください。
おたよりのあて先
〒102-8177　東京都千代田区富士見2-13-3
株式会社KADOKAWA　角川ビーンズ文庫編集部気付
「かわい澄香」先生・「夏目レモン」先生
また、編集部へのご意見ご希望は、同じ住所で「ビーンズ文庫編集部」
までお寄せください。

**ラスボス令息に殺される義姉ですが、**
**彼を好きになってしまいました。**

**かわい澄香**

角川ビーンズ文庫　24647

令和7年5月1日　初版発行

発行者――――山下直久
発　行――――株式会社KADOKAWA
〒102-8177　東京都千代田区富士見2-13-3
電話 0570-002-301（ナビダイヤル）
印刷所――――株式会社暁印刷
製本所――――本間製本株式会社
装幀者――――micro fish



●お問い合わせ
https://www.kadokawa.co.jp/（「お問い合わせ」へお進みください）
※内容によっては、お答えできない場合があります。
※サポートは日本国内のみとさせていただきます。
※Japanese text only

ISBN978-4-04-116258-3C0193 定価はカバーに表示してあります。　◇◇◇

魔力がないと勘当されましたが、
王宮で聖女はじめます
WEB発
大幅加筆
!!!
聖女と王子の両片思い
シンデレラストーリー!
新山(にいやま)サホ　イラスト/凪(なぎ)かすみ
魔法の名門家を勘当されたユノは、王宮で下働きを始める。しかしその主の第三王子は、かつてユノがプロポーズを断らざるを得なかった幼馴染・ディルクであった!　そんな折、ユノに特別な魔法が使えると判明し!?
シリーズ好評発売中

名門公爵家の悪役令嬢・エカテリーナとして転生した社畜アラサーの利奈。ゲームでは知らなかった不幸な設定の悪役兄妹のため、最推し（非攻略対象）のお兄様・アレクセイのため、みんなで幸せになってみせます！

●角川ビーンズ文庫●

好評発売中!!!
私を殺す義弟を籠絡しようと思います
著／関谷れい
せきや
イラスト／ウラシマ
籠絡するつもりが、逆に外堀を埋められている!?
義弟の重い執着ラブ！
王位を巡り対立し、同時に命を落としたレアと義弟フィリオ。レアは直後15歳に回帰する。今度こそ周囲に惑わされず、良き姉として敵対派閥から義弟を守ると決意したレアは、対外的にフィリオを婚約者とするが……